中国少数民族
文学之星丛书

# 桑多镇故事集

扎西才让 著

作家出版社

# 以民族的情意，打造文学的星辰

## ——“中国少数民族文学之星”丛书总序

邱华栋　彭学明

“中国少数民族文学之星”丛书是中国作家协会少数民族文学发展工程的一个新项目，于2018年开始实施，由中国作家协会创作联络部具体组织落实。出版“中国少数民族文学之星”丛书的目的，是重点培养少数民族文学中青年作家，打造少数民族文学精品，为那些已经在少数民族文学界和全国文学界成绩斐然、广有影响的少数民族中青年作家再助一力，再送一程，从而把少数民族文学最优秀的中青年作家集结在一起，以最整齐的队伍、最有力的步伐、最亮丽的身影，走向文学的新高地，迈向文学的高峰，让少数民族文学的星空星光灿烂，少数民族文学的长河奔流不息。以文学的初心，繁荣民族的事业；以民族的情意，打造文学的星辰。

入选“中国少数民族文学之星”丛书的作家，必须是年龄在50岁以下的、在少数民族文学界和全国文学界广有影响的少数民族作家。不管是否出版过文学书籍，只要其作品经过本人申请申报、各团体会员单位推荐报送、专家评审论证和中国作协书记处审批而入选的，中国作协将在出版前为其召开改稿会，请专家为其作品望闻问切，以修改作品存在的不足，减少作品出版后无法弥补的遗憾。待其作品修改好后，由中国作协统一安排出版，并进行广泛的宣传推广。

中国是一个多民族的大家庭。每一个民族都沐浴着党的民族政策的光辉、感受着党的民族政策的温暖，都在党的民族政策关怀下，蓬勃发展，欣欣向荣。在这个伟大的新时代，我们正创造着中华民族的新辉煌。每一个民族的发展与巨变，每一个民族的气象与品质，都给我们提供了生生不息的创作源泉。我们每一个民族作家，都应该以一种民族自豪感，去拥抱我们的民族；以一种民族责任感，为我们的民族奉献。用崇高的文学理想，去书写民族的幸福与荣光、讴歌民族的伟大与高尚；以文学的民族情怀，去观照民族的人心与人生、传递民族的精神与力量。

我们期待每一位少数民族作家，都能够到火热的生活中去，到广大的人民中去，立心，扎根，有为，为初心千回百转，为文学千锤百炼，写出拿得出、立得住、走得远、留得下的文学精品。不负时代。不负民族。不负使命。

2019年5月18日

# 目录

**一花一世界**　刘大先　/1

来自桑多镇的汉族男人　/1
丹增　/19
达珍　/37
画出蝴蝶的人　/57
我俩前世有姻缘　/70
阴山上的残雪　/87
那个叫观音代的诗人　/106
雪豹　/120
宿命　/128
菩萨保寻妻记　/134
喇嘛代报案　/158
虚幻的真相　/194
回归文学的老人　/222

# 一花一世界

## ——《桑多镇故事集》序

刘大先

扎西才让的小说有一种空灵感，那种空灵感主要来自于冲淡的语言和迂徐的语调，并且他的大多数小说情节是去戏剧化的，那种去戏剧化也没有导向于日常性，而毋宁说它们普遍具有一种散文诗式的风格。事实上，扎西才让的写作最初主要的体裁确实是散文诗和诗歌，比如散文诗集《七扇门》和诗集《大夏河畔》。这几种文类在他那里彼此渗透，交互为用，除了外在形式上的些微差异之外，内在格调与风格上的区别并不那么明显。这种风格的一致性，我认为来自于地方性——那种带有地域、宗教、族群文化色彩的表情达意方式、美学趣味和思维观念。

扎西才让的地方性具体地来说是甘南，这是甘肃西南的一个藏族自治州，周边与青海的果洛、黄南藏族自治州及四川的阿坝藏族羌族自治州接壤，在省内则与临夏回族自治州和陇南交接，属于青藏高原、黄土高原和陇南山地的过渡地带。谈论扎西才让及其小说给我的印象，首先需要谈谈甘南给我的记忆和感觉。

2007年夏天，我从北京去西藏，经过甘肃，准备半道去甘肃佛学院找一位藏族学者同行，佛学院属于拉卜楞寺，所在的夏河县就属于甘南。因为时间没有那么紧，我从兰州出发，乘坐长途大巴，先到永靖的刘家峡住了一晚，第二天去临夏转了一下河州老城，午后才出发去拉卜楞镇。沿途明显可见路边景物的变化，从童山濯濯、烈日炎炎，到逐渐出现零星的绿色——那是土豆秧和油菜，地势逐渐升高，路过一个叫作完尕滩的地方时忽然乌云密布，下起大雨来。车子慢慢吞吞地走着，傍晚时分到拉卜楞寺的时候天空居然放晴，风尘遍地，完全没有彤云密雨的迹象。拉卜楞寺是个建筑群，铺得很开，并没有特别宏伟的建筑，但是隐隐然有种稳固厚实的气象。夜间睡在旅舍，听到大雨又下起来，敲在窗户上嘭嘭作响。

在夏河逗留了几天，去达宗湖，车子在盘山公路上走了许久，让人昏昏欲睡。可能是海拔已有三千多米，所以人容易犯困。终于到山顶，在一片柏树林中的空场地停了下来。白云在对面的山顶上幽静无比，林木苍翠，黄色的小花遍布在周围草地，是个人迹罕至的去处。不知道当初人们是怎么发现这里有个湖的，这是本地人所谓的“天湖”，也就是高山断崖湖。我下车提着祭祀用的米、风马、宝瓶往下走，湖水清澈湛蓝，静谧安详，只有少数几个游人。我在一个青烟缭绕的煨桑堆上放上新鲜的松树枝，看到有三个女喇嘛抬了个暗紫色的塑料桶，原来是放生。与陪同我的朋友顺着湖绕行了一周，柳树丛中有牛粪，散发出田野的气息。在树林中行走很不容易，时常会有枝条碰着脑袋，脚下的路也无所谓路，就是一些人绕湖时踩出的痕迹，崎岖不平，潮湿的地方还有些滑。穿过树林，是个靠山的斜坡，更加难行，须要抓住树木的茎条才不至于跌倒。终于到达一处平坦的地方，修建了一处可供游人观览整个湖面的平台，从上面可以看到很多人在这里扔“宝瓶”下去，有一大块地方的湖水已经被填满了。所谓“宝瓶”，是用白布缝制的里面装着青稞的口袋，每只袋子大约有半斤重，袋子缝得严严实实，并用印着花纹的黄、蓝、红色锦缎和金丝带缠裹起来。据说投掷宝瓶是为了祭祀神湖，以求神灵保佑，祈愿五谷丰登、人畜两旺。入乡随俗，我抛撒了一些风马，也扔了一个宝瓶。

后来又去桑科草原，蓝天白云在强烈的日照下，空旷而又干净，没有什么特殊景色，但是草原主要就是一种氛围，一种气场，一种体验，至于草有多长，马有多肥，风有多大，都是次要的。朋友的一个亲戚是阿乃（尼姑），她的居所在寺庙隔壁的一个陋室，去的路上垃圾遍地，不时有浪荡的猪在四处拱泥土。房子是租当地居民的，狭小仄隘，除了一张床和一些炊具之外，别无长物。她殷勤地拿出馕，切西瓜给我们吃。我很不好意思，只是注意到她的年龄可能也不过三十来岁，但眼角有很深的鱼尾纹，可能跟此地强烈的阳光有关。关于她为什么出家，我没好意思问。

那是最初的甘南印象，当时还不认识扎西才让。但是读到《桑多镇故事集》里的篇章让我又回想起那些久远的经行碎片，它们自然而然，并没有焕发出异域风情或者别样的意态，那个大夏河边的小镇，小镇上的平常百姓，他们的寻常与传奇、艰辛与幸福都顺乎天然，也会经历现代性的冲击，但并没有撕心裂肺；也有尔汝恩怨，但也不足以刻骨铭心。

2011 年我去兰州参加西部文学论坛“文学甘南”学术研讨会，后来写了一篇随笔，谈到如果从学理上来说，当下的甘南具有的潜力足以使它成为西部少数民族和区域文学的生长点，所谓的“西部”其实是“地理发现”的产物，最初由西方的探险家、人类学家、考古学家的活动与书写而诞生，如今这个“他者的发现”的视角发生了变化。因为本土作家的书写，甘南的表述成了“自我的发明”。美不自美，因人而彰。甘南因为书写主体的变换，而迸发出不同的光彩。作为各民族文化交融并生的地方，这里的地方性智慧原本隐藏在地理的皮肤之下，如今走向小径丛生的路口。通过不同代际甘南作家的文本，可以看到原先伫立在我们脑海中那些有关农耕与游牧、中原与边地、中心与边缘、大传统与小传统的一切二元对立式的理解方式都失去了阐释的效力，我看到的只有混沌未分、相互关联的人、物色与情感风貌。

2016年5月末，跟随中国作家协会“重走长征路”的采访团，我又一次去到甘南。不过此次是从四川成都出发，经若尔盖草原，进入到迭部，走了碌曲、临潭等地。在郎木寺遇到了作为接待人员的扎西才让，在那之前我们可能在北京或者别的地方已经认识，但具体的情形已经记不清，似乎能记住的都是与甘南有关系。两个月后，在以“诗歌视域中的地域性写作——甘南诗歌现象分析”为主题的“2016中国当代诗歌论坛”上的我又遇到了扎西才让，不过这次他是以诗人的身份出席作为被研讨的对象。此后，我又去了尕海湖、玛曲草原和扎尕那。时隔十年，甘南自然发生了诸多变化，但时间在这块空间中似乎变得缓慢，因而改变也从容而舒缓。我想这种时间感不仅仅是一个外来人的观察，可能也内化到扎西才让的写作之中，所以他的小说才会流淌着一种久违的古老诗意。

扎西才让早期的小说颇多模仿流行的先锋小说之处，文本中不乏现代主义意味的疏离情感、冷漠态度、叙事圈套和结构技巧，然而晚近这些年他回归到了本土的叙事传统，即淡化描写和叙述，而着意讲述和抒情，让人与事自己呈现出冰冷或火热的温度。桑多镇是高原之中、草原之上、苍穹之下的一处平凡之地，这里发生的故事，经历的变迁，流露的情感和精神形态必然是地方性的，因为它们天然携带了由地理、文化、信仰所濡染的内质。但这种地方性不是孤立或排他的，它不拒绝变化也不刻意去变革，而是将外来的冲击与内部的蘖变都纳入到自发性的流动之中，因而很容易达到一种让他人可以理解与接受的效果。扎西才让的小说，如同这片高原上的野草边花，自足自在，纷纷开落，看上去是孤独的，却并不寂寞，因为它们自身就构成了一个圆融的世界，我们从中可以看到生命的郁郁勃动与天机的默默运行。

2019 年 5 月 29 日

# 来自桑多镇的汉族男人

## 一

一天，杨庄来了一个汉族男人。

男人是杨雪莲带来的。

这个人高高大大的，看起来很有力气。

我们眼看着他进了杨雪莲的家门，却没有任何阻拦他的想法。

因为大家都知道杨雪莲是个寡妇，她有权利找男人，也有权利找藏族男人或者汉族男人，其他民族的男人也成。

只要杨雪莲愿意，我们作为她的邻居，即使有一百个不愿意，也是没有办法的事。

我们之所以判断这男人是汉族男人，是有原因的：

1. 他说汉话。他取下头上的浅绿色军帽，扬了扬，说："黑小子们，你们好！"尽管他说的不是普通话，但我们还是听清楚他是在向我们这群孩子打招呼。

2. 他穿着汉服。杨庄人把那些中山装、夹克衫甚至西装，都叫汉服。

虽然我们也穿这一类的衣服，但这些衣服穿在我们身上，总显得皱巴巴的，脏兮兮的，似乎这些衣服不是工厂里做的，更不是从气派的市场上买来的，而是我们从幽暗潮湿的仓库一角捡出来的，或者从垃圾堆里找出来的。

那天，汉族男人就穿着一件簇新的墨绿色的夹克衫，一条黑色的涤纶裤。

下午的阳光照在他的衣裤上，照出了几处明亮的闪动的光斑，耀花了我们的眼睛。

能穿新衣服，还能把新衣服穿出耀眼的光斑的人，肯定是汉族男人。

杨庄的小孩子，都是这样认为的。

所以当那男人跟我们打招呼时，我们没有吱声。

当他跟在杨雪莲的大屁股后面，慢条斯理地走进那野兽的嘴巴一样洞开着的大门时，我们都没有吱声。

等杨雪莲把野兽的嘴巴一样的门关上后，聪明小子杨小林才像突然记起什么一样吃惊地说：

“这个汉族人戴着绿帽子！”

杨庄的小孩，不知道汉人常说的绿帽子的深层含义，以为绿色的帽子就是绿帽子。

我认出那是军帽，就说：“狗屁！那才不是绿帽子，那是军帽，你没见上头有个红五星吗？”

尖嘴猴腮的杨小虎说：“小龙哥，就是，像我阿爸以前戴过的那种帽子。”

我感慨地说：“那帽子真好看！”

杨小林不服气地说：“再好看也是个绿帽子！”

我和小虎都笑起来，都觉得小林说得有点意思。

## 二

这样，汉族男人就住进了我们杨庄，成为杨雪莲的男人，吃住在她家里。

小林说："看着吧，这个汉族男人肯定会在她家长住下去的。"

小虎说："不可能，阿爸说过，杨雪莲绝对不是一个留得住男人的女人。"

杨雪莲留不住男人，在杨庄，是人都知道。

大人们常说："这女人，是腊月的虎，命里注定要克死男人的。"

我们把村庄里结了婚的男人，都叫大人。

只要几个男人在一起干事或聊天，我们就说："大人们又有事干了……大人们又开始说古今了……"然后呼啦一声围过去，看他们干活，听他们聊天。

这天，我们就围住聊天的大人们，问："为啥腊月的虎，就会克男人呢？"

大人们就说："小屁孩们，没听过'十一月老龙不抬头，腊月里老虎满街游'吗？"

我们都摇摇头，像一起摇动着的拨浪鼓。

大人们鄙视地看看我们："十一月里的龙，不能呼风唤雨，能力最差；腊月里的虎，在山上，在林里，都找不到食吃。懂了吗？"

我们点点头，又摇摇头："那她又不是老虎变的！"

大人们生气了："她是属虎的，腊月里生的，懂了吗？真是一群呆子！”他们站起来，有的拍拍屁股上的土，有的吐出一口浓痰，有的擤去黄浓的鼻涕，骂骂咧咧地走了。

我们似乎明白了，都想起一些事来。

我们四五岁的时候，听说杨雪莲死了男人，死于一种奇奇怪怪的病。

大人们说：“精精壮壮的小伙子，才结婚两年，就死了，看来这女人真的会克男人！”

我们八九岁的时候，听说杨雪莲又死了男人，这次是掉进洮河淹死的。

大人们说：“百年柏树一样的男人，说倒就倒了，看来这女人真的会克男人！”

去年，我们十二三岁，亲眼见到杨雪莲的第三个男人死了，这次是和别人打架，被别人一刀戳死的。

我们模仿着大人们的口气说：“高高大大的熊一样强壮的男人，说死就死了，看来这女人真的会克男人！”

模仿完，都大笑起来。大人们听见了，高声臭骂，骂得我们都装那可怜样，做出想走又不想走的样子！

三

我们都有着一种奇怪的想法，等待着汉族男人被杨雪莲克了命。

但那男人越活越强壮，越活越滋润。

他一到杨庄，就颇有声响地干了好几件事。

他去拜访了村里的几位厉害角色，比如管大人的老村长啦，开砂场的杨元啦，开铺子的杨五个啦，做裁缝的喇嘛代啦，木匠杨拐子啦，阴阳李根啦……每到一家，手里提的都是产自四川的松潘茶。

那可真是好茶，能煮出新鲜醇香的奶茶来。

他从这些人家里出来的时候，这些人都会送到巷子口，仿佛他们已经是交往了多年的朋友。

就连那胖嘟嘟的老村长，也在儿子的搀扶下，硬是把这个外地来的汉族男人送了又送。

汉族男人已经进了杨雪莲的家门，老村长还在巷子口发愣。

汉族男人拜访厉害角色的结果，就是让村里人觉得，这个男人也是个厉害的角色。

这个厉害角色有意无意地告诉村里的人，从今往后，他就是杨雪莲的男人了。

既然杨雪莲有了男人，别的男人就不能打杨雪莲的主意，甚至连动一动的念头也是不能有的。

为了证明他的确已经是杨雪莲的男人，他把本该是杨雪莲干的活，比如割麦啦挤奶啦做饭啦拾烧柴啦什么的，都给承包了，完全更改了杨庄几百年来男女在家务活上的分工。

有人耻笑说："你是个没出息的男人！"

他笑嘻嘻地回答："只要爱上一个女人，你就要想办法养着她。"

有人说："养得白白胖胖的，好给你生儿子吧？"

他笑嘻嘻地回答："女人，活在这世上，只管吃喝、打扮、生孩子，就够了！"

人们发现，自从这汉族男人来了之后，杨雪莲的脸比以前更白嫩了，乳更挺了，腰更细了，臀更大了，走路的姿势更狐狸精了，连说话时的声音也渗着蜂蜜的味道。

大家都觉得，这一次，这女人真的要过上神仙一样的日子了。

最重要的一件事是：这个汉族男人来到村里不到半年，就开始替各家各户放羊，夺了红鼻子的饭碗。

红鼻子又名王三郎，是村里汉族王家的老三，羊本来是他承包了的。

因为放羊，冬天，他的鼻子被冻成了紫茄子；夏天，又被晒成红辣椒。

春秋两季，紫里透红，红里透紫，人们就叫他红鼻子。

红鼻子三郎爱放羊，也爱睡觉。

爱睡觉，羊就会偶尔少几只，据说被狼叼走了。

大人们都不信，但羊消失了，却是事实。

叫红鼻子赔，红鼻子就眼泪一把鼻涕一把，闹得大人们只好把说出的话重新吃回去。

多年来，村里的羊丢了七八只了，对红鼻子三郎，大人们还是没办法。

杨雪莲引来的汉族男人，到大人们跟前争取放羊的权利，他拍着胸脯说："你们的羊丢一只，我赔两只；丢一对，我赔一双。这样你们还不放心？"

大人们欢喜地从红鼻子三郎那里收回放羊权，交到汉族男人手里。

红鼻子不服，找汉族男人算账，却被汉族男人把红鼻子揍成了紫鼻子。

王家人不服，合伙去找汉族男人算账，王家人的几个鼻子，都成了紫鼻子。

于是放羊权到底还是到了汉族男人手里。

汉族男人有时候会带我们上山去放羊，他把那几百只羊，搞得像红鼻子一样服服帖帖的。

他举起左拳说："有时候，道理要靠拳头说。"

他举起右拳说："有时候，拳头最能说清道理。"

我们敬畏地看着他的拳头，觉得那拳头真像一团看得见的道理。

## 四

汉族男人用拳头把道理讲得越来越清楚的时候，有一天，他却突然不见了。

大人们怀疑这男人死了，是被腊月里生的那只母老虎克死的。

杨雪莲号啕大哭，她用诅咒的口气说："谁说我克死他，我就克死谁！"

大人们谁也不敢说话了。

杨雪莲鄙夷地看着大人中的男人说："你们男人，不管是藏族还是汉族，没一个是好东西，都是屄人！"

杨庄人把胆小懦弱、百无一用的人，都叫屄人。

而今这话从杨雪莲口里说出来，可见那些男人真的伤了她的心。

然而被男人伤了心的杨雪莲，仇恨男人的杨雪莲，还是离不开男人。

汉族男人消失后，放羊权又回到红鼻子三郎的手里。

几天后的某一天，我们正在路口玩耍，看到痛苦的杨雪莲把红鼻子引进了她的家。

我们眼看着三郎的红鼻子发着亮光，罗圈腿甩出了风声，走进了那野兽嘴巴一样的大门，都替消失了的汉族男人惋惜。

小虎说："小龙哥，你看看，你看看，还叫雪莲呢，叫她母狗好了！"

我说："就是嘛，真不要脸。"

小林说："她可能是要报复汉族男人！"

小虎说："报复？这样报复，吃亏的还不是她自己？"

我说："大人们的想法，特别是大人中的女人，想法总是和我们不一样！"

小虎说："就是，女人，真是个奇怪的东西！小龙哥，你说对吗？"

我没吱声，小林说："其实该惋惜的，是红鼻子。"

"为啥？"

"为啥？你们真笨。下一个被克死的，就是红鼻子了！"

我们"哦"了一声，觉得他说得还是有点道理。

## 五

大人们虽然都害怕诅咒，但一个大活人突然不见了，这就是个问题，大问题！

是问题就得解决，大人们只好请来老村长。

老村长胖得像只球，脸蛋上、手背上布满褐色的老年斑，毛发灰白，胡子拉碴，说是六十来岁，但从走路都要人搀扶的情况来看，应该是八十左右的人了。

因为在我们的记忆中，只有老人才会借助于拐杖之类的东西，在杨庄的巷巷道道里慢腾腾地进进出出，仿佛有做不完的事情。

老村长带领人们进了杨雪莲的家，在房檐下的三人沙发上坐定。

他严肃地咳嗽了一声，横着眼看院子里的大人和小孩，低声交谈的人们，顿时安静下来。

杨雪莲给老村长端来一杯奶茶，退到老村长的右前方，躬身站定。

这个身高腿长、臀大腰细的女人，不像属虎的，倒像属马的。

她那么躬身一站，屁股微微撅起，大人们的眼光就被拉直了，他们的眼里就再也没有老村长了。

小虎偷偷给我说：“小龙哥，你看那杨雪莲，像匹母骡子。”

我掐了一下小虎的大腿，他惊叫一声，大人们的眼光才从杨雪莲身上转移到小虎身上。

老村长又严厉地咳嗽一声，大人们的眼光又从小虎身上转移到老村长身上。

老村长向杨雪莲问那汉族男人失踪的事时，声音苍老，但那慢吞吞说话的调子，有着无法抗拒的威严，他说的话，似乎也就有了力量。

杨雪莲支支吾吾了半天，才颠三倒四地把事情说了个大概。

大人们听清楚了，我们也听清楚了。那汉族男人确实是杨雪莲从外地引来的。

说是外地，其实就是距离杨庄大约三十里的桑多镇。

桑多镇在杨庄小孩的眼里，是神秘的镇子。

为什么这么说呢？

据说那里有平平坦坦的长街，密密麻麻的商店，漂漂亮亮的女人，奇奇怪怪的男人。

这镇子，不仅是大人们想去的地方，我们一帮孩子，也渴望能够去一回呢，但大人们总说：那个小镇，小孩子是不能去的，容易学坏。

结果每逢大营小集，我们谁也不能去，只大人们呼朋唤友，去了又来，来了又去。

杨雪莲也喜欢去那里赶集，买些醋啊盐啊化妆品啊什么的。

有一次，巧遇了汉族男人，那男人主动和她搭话，主动给她买衣服，主动请她喝茶吃饭。

一来二去，她也就被动地和他认识了，后来又被动地和他睡了。

再后来，问清楚了那男人是离了婚的，就被动变主动，引他到了杨庄。

大人们听的时候，脸上白一阵，黑一阵。我们听的时候，笑一声，叫一声。

老村长抬起手臂，把我们的叫声压了下去。

又颤巍巍地站起来，对大人们说："是牛羊总要回圈，是河水总会流走。没啥大不了的，都回吧，回吧！"

我们小孩，哄的一声跑出院子。

大人们，有的瞬间就消失了，有的搀扶着老村长走了，有的故意落在后面，轻声劝慰那个看起来不太伤感的女人。

## 六

汉族男人不在的时候，夜快黑的时候，月亮刚刚浮上山尖，会有个别大人，在杨雪莲家门口逡巡一会儿，然后猫一样闪入那野兽的嘴巴一样的门。

月亮落下去的时候，又会像狗一样鬼鬼祟祟地出来，抹墙根走，消失在夜幕中。

和我一样喜欢在夜里游荡的小虎说："小龙哥，你看看，你看看，这些大人！"

那口气，仿佛把大人都看穿了。

在小虎看穿了好多大人之后的某一天，汉族男人又回来了！

他是突然消失的，也是突然出现的，就在我们没有丝毫准备的时候。

他一出现，大人们就不知该怎么办才好，我们一群小孩，也不知道该说什么才好。

我们只是觉得，这个来自神秘的桑多镇的汉族男人，他本身也是神神秘秘的。

听说杨雪莲一见这汉族男人，就晕倒在院子里。

醒来后软在男人怀里，又捶又闹，又哭又笑，还没过一天，又和好如初了，好像两人分开的这段日子啥事都没发生过一样。

于是大人们就啥也不干，我们啥也不说。

于是汉族男人还是像没事一样住在杨雪莲家里，没事一样和我们开玩笑。

月亮升起来的时候，也没有大人再进杨雪莲的家，自然也就没人在月亮下山的时候从她家里鬼鬼祟祟地出来。

那个可怜的红鼻子三郎，又自动放弃了放羊权，任凭汉族男人一大早把那么多的羊吆喝到山里面。

两个月后，正当我们认为日子就这样没事一样可以永远过下去的时候，出事了！

小虎说："知道吗？那个汉族男人又丢展了！"

丢展了，就是跑了。

汉族男人再次消失了，给谁也没打招呼。

这一次，杨雪莲没哭，大人们没怀疑她克死了人，老村长也没有被人搀扶到杨雪莲的院子里。

他只是站到村口，看着远方，用那种苍老却有力量的声音说："这世道，要变了！"

他的话大人们没听见，只我们听见了。

我们听见了，不像大人们那样苦着脸揣测，任凭风把老村长的话从我们耳边刮跑了。

红鼻子三郎又开始行使他的放羊权，把羊追得满山乱跑。

当羊群安静下来时，他又躲进羊群里大哭，弄得羊们无法度过一个安静的中午。

杨雪莲又开始了和大人们在月下的私会。

小林曾经尾随着一个大人去了杨雪莲的家，回来后就失魂落魄的。

他说："大人们真奇怪，一会儿你咬我，我咬你；一会儿你打我，我打你。一边打，一边还嗷嗷嗷地直叫唤！"

"到底谁在叫呢？"

"男人叫，是突然间把啥都整明白了的声音。女人也叫，是那种又痛苦又高兴的声音。"

"你没看他们在干啥？"

"狗屁，屋里黑乎乎的。我若像老鼠那样长着夜视眼，就好了，就把啥也看清了。"

我们一起"哦"了一声，都认为他说得有点道理。

对于男人和女人在一起会干啥，我们自有我们的想象。

不过，每个孩子的想象，都不会是大人们所能猜想到的。

## 七

三个月后的某一天，当老村长又站在村口感慨世道要变了的时候，有人从南边大路上一瘸一拐地来了。

来的正是杨雪莲的汉族男人，远远地认清是他的时候，大人们没露出太多的吃惊，似乎这个男人的回来，是注定的事。

但当汉族男人走到大人们身边，大人们还是吃惊了。

本以为他一瘸一拐地走路，是因为走了太长的路。

谁知道他竟真瘸了，瘸的是右腿，好像比左腿短那么一小截儿。

或许因为瘸的原因，他不再像以前那样高高大大令人生畏了。

他想跟老村长打招呼，咧了咧嘴，没说出一句话。

他想跟大人们打招呼，抬了抬手，却不知说什么才好。

他想跟我们打招呼，笑了笑，也许连他自己也觉得笑得很难看，就从我们身边拐过去了。

小虎说："小龙哥，你看他变成呆子麻乃了。"

据说在桑多镇，有那么一个人，呆呆傻傻的，只会哼哼哈哈，不会说话，见了人就傻笑，人们都叫他呆子麻乃。这名字传到杨庄后，就成了一个代称，专指那些又呆又傻的人。

杨雪莲又接纳了呆子麻乃，大人们早就知道会这样，谁也没说什么。

只小林说："到底发生啥事了？我们要不要问问这个瘸子？"

大人们面面相觑，我们也面面相觑。

终于有一个大人回答了："大人的事，是你们屁大的孩子该操心的吗？滚，滚到一边，玩去！"

于是我们滚到河边，一边玩，一边猜测着汉族男人瘸腿的种种原因：山上摔下来摔瘸的？喝酒跌进深坑里跌断的？翻寡妇的门时掉下去折断的？

小林说：“我估计是和人打架，被人打断的。”

这次，大家都觉得他说得没一点道理，又像摇拨浪鼓一样摇摇头：“不可能，谁能打过他呢？”

## 八

但是，这一次，我们都认为没人打得过的汉族男人，被人打了。

打他的是红鼻子三郎。

汉族男人来到杨庄的第二天早晨，家家户户都把羊放出羊圈，等待着红鼻子三郎来赶羊上山。左等右等，红鼻子三郎竟然始终没出现。

大人们恍然醒悟过来：汉族男人一来，红鼻子该交出放羊权了。

然而汉族男人也没来。

没来的结果，是家家户户的羊满村子乱跑，有跑到青稞地里的，有跑到洋芋地里的，有跑到房顶的，有跑到山上的，有跑到河里的……

老村长生气了，他又被人搀扶着到了红鼻子家的院子里。

还没等老村长发话，红鼻子就眼泪一把鼻涕一把地哭开了：“我以为他会去放羊的！”

大人们知道他嘴里的“他”就是那个刚回来的人，但大家都不说话，只是死死地盯着红鼻子。

红鼻子被众人的眼光击败了，也被众人的沉默激怒了。他站起来，向众人说：“你们等着，我去把他好好洗一顿！”一摔门，出去了。

洗一顿，就是说要打一顿，而且是彻彻底底地打一顿。

一炷香的时间后，果然传来了汉族男人在杨雪莲家被红鼻子打了的事。

等我们到了杨雪莲家，就看到屋檐下原先坐过老村长的三人沙发上，瘫坐着两个人。

左边是汉族男人，他的鼻子也变成了紫红色，紫的是伤痕，红的是鲜血。

右边是杨雪莲，垂着头低声哭泣。

沙发旁的一把矮椅上，坐着红鼻子，他的鼻子虽然红着，却没有肿，没有破，没有歪，大家就知道那不是被打红的，而是哭红的。

但他似乎比被人打了还难受，一个大男人，弯着腰，在矮椅上抽抽噎噎的，仿佛受到了莫大的打击。

老村长又被人搀扶过来，这次没坐沙发，而是坐到一把高椅上。

因为椅腿过高，老村长的双腿就悬空了。

人的腿一旦悬空，就感觉无法坐得安稳，总有一种会掉下来的担忧。

不过老村长毕竟是老村长，他滚圆的身躯还是镇住了那把椅子，也镇住了眼前哭泣的两个人。

老村长问："怎么回事？"声音还是苍老而有力的。

汉族男人没起身，也没搭腔。

杨雪莲也没起身，也没搭腔。

红鼻子三郎站起来，他没停止抽噎，但说话了："他没放羊，我打了他。"

老村长又问："怎么回事？"

红鼻子说："我打了他，他不还手。"

老村长逼问："到底怎么回事？"

这时，杨雪莲站起来说："他不想放羊了。他瘸了腿，不能放羊了。"

老村长明白了："哦！"

大人们也明白了：“哦——”

我们也明白了：“唉——”

老村长对汉族男人说：“其实瘸腿的人，是能放羊的。”

老村长又说：“你不放羊，不是因为腿子瘸。”

汉族男人一听，笑了。这一笑，使他显得格外狰狞。

他说：“我不想放羊了。”

他又说：“我想把该了的事，了了！”

老村长“哦”了一声，从高椅上下来，对大人们说：“走吧！”

我们一阵清醒，一阵糊涂，但还是跟着大人们出了杨雪莲家的院子。

## 九

后来，更奇怪的事发生了。

一个月后，汉族男人又一瘸一拐地离开了村庄。

杨雪莲送他到村口，男人走远了，她还在村口张望着，有点魂不守舍的样子。

晚上，当月亮升起来，有个大人踩着月光下的阴影，闪进了杨雪莲家。

还没一会儿，就被杨雪莲给轰了出来。

第二个大人踩着猫的脚印进去，半晌，黑着脸像老鼠一样出来了。

第三个大人又去了，结果青着眼窝出来了。

这些奇怪的事，都是小林告诉我们的。

我们不信。

小林急了：“我跟着第四个大人偷偷地进去了。我听见他要咬杨雪莲，杨雪莲不让他咬。他硬要咬，杨雪莲就嘟嘟嘟地说话，说的啥听不清楚。他还是要咬，杨雪莲就又哭又骂。大人只好从房子里出来，嘴里嘟囔着：‘还想正式结婚呢，结个屁！’”

“哦，”我们明白了，“她想结婚呢！”

小虎瓮声瓮气地说：“她不是一直在结婚吗？”

小林说：“那不叫结婚，那叫找连手。”

小虎说：“小龙哥，你说，找上连手干啥？”

我说：“找到连手，就可以相互搂抱，咬个嘴，结个婚。”

杨小虎说：“结了婚干啥？”

我说：“结了婚，就要生出一窝你我这样的娃娃。”

小虎很感慨：“大人们，真有意思！”

我问小林：“汉族男人已经走了，杨雪莲想和谁结婚呢？”

小林说：“不知道，反正不是我们，肯定是个大人。”

果然是大人，却是汉族男人。他又回来了。

这一次，才听说他的腿子，确实是被人打断的。

打断他的腿的，是他的媳妇的家人。

原因嘛，听说是因为怨恨汉族男人为了一个藏族女人而抛弃了自个的婆娘娃娃。

当他们打他时，他没反抗。

没反抗的结果，是断了腿。

断了腿的结果，是终于离了婚。

离了婚的结果，就是能和杨雪莲结婚了。

当听说汉族男人和媳妇离婚的目的是为了和杨雪莲结婚时，我们都笑了。

小虎说：“小龙哥，你听听，你听听，还是我们藏族女人厉害！”

小林说：“不是我们藏族女人厉害，是那个叫爱情的东西厉害！”

我们又都笑了，觉得他说的，是有那么点道理。

但是，他爱着杨雪莲，为啥在他离开的那两段时间，杨雪莲要找别的男人呢？

小林说：“我估计他没给杨雪莲说他要去离婚的事。”

小虎说：“小龙哥，你想想，你想想，女人的心思，谁又能知道呢？”

我们大笑起来，觉得这个可爱的笨笨，偶尔也有貌似聪明的想法。

当我们大笑的时候，杨雪莲的汉族男人一瘸一拐地走到我们身旁。

他看着我们微笑着，没有一点刚来时令人害怕的样子。

小林问：“哎，你这个汉人，为啥要来杨庄呢？”

他回答说：“我不想离开那个漂亮的女人，也不想离开你们这些坏坏的尕崽娃们！”

我们大笑起来，觉得除小林外，这个来自神秘的桑多镇的汉族男人说的话，是有那么一点道理的。

# 丹 增

## 一

年近古稀的丹增，更容易伤风感冒了。

听他儿子班玛说，是去镇南的矮墙下和老伙伴旺杰晒太阳，一不小心就得了病。

那天，丹增一回到家，就浑身发冷，脑门发烫，知道自己已经过了百病不侵的年龄。

临睡前，吃了几粒牛黄解毒丸和伤风感冒胶囊，一晚上昏昏沉沉的。

第二天爬起来，鼻翼早就发红，鼻涕无法揩尽。只好一个劲地喝白开水，头脑依然昏昏沉沉的。胃口也不好，勉强吃了点早点，又躺到床上。

我恰好有事回到了桑多镇，就去看望他。他新盖的小洋楼的院门紧锁，一问邻居，才知道他住在老屋里养病。

于是去了老屋，班玛出来迎接我："哎呀桑吉，你这念书人也来了，真是好兄弟哪！"

我问："老人家的感冒松啦？"

班玛说："一时半会儿好不了，可能还得吃几天药吧！"

我说："没给老人家输液？"

丹增听到了，从屋里回答说："我不输液。输液会给身体惯出毛病的，这次输了，下次还得输。"

我走进屋子，里面黑黑洞洞的，丹增靠在被褥上，披件皮大衣，脸色比平时要弱得多。

我说："老人家，你就甭听人乱说了，病了还是要输液，好得快。"

丹增说："我这辈子从来没输过液，这次也不输，得扛过去。"

他要我坐到他身旁，他拉住我的手说："我一感冒，总是迷迷糊糊的，时不时就做梦：童年的马车哐当哐当地过去了，去了镇口的奶奶还没回来。童年的卓玛来了，带着一小袋李子，绿绿的，圆圆的，涩涩的。她的黑辫子。她的绿裙子。她的白牙齿。想玩羊骨游戏吗？爷爷的羊骨，有十个，另两个去哪了？"说了一会儿，精力不济，又睡着了。

又有人来看望他，瓮声瓮气地跟他儿子班玛说话，又摸摸他的额头说："哎呀，烫得很！"

然后来了穿白大褂的人，喊醒了他。他说："针扎在屁股上，是种酸苦的感觉哎。"

大夫走后，他精疲力竭地靠在被子上，嘴唇干裂，拍着胸脯对我说："我感觉呼吸吃力，这里好像有团棉花堵塞了，不吸水，也不吸空气！"

班玛走向窗户说："阿爸，我看还是透透气吧，你睡着时，也尽说起小时候的事。"

## 二

丹增年轻时在寺院里学习，后来因为母亲的亡故，又还了俗。因此，在桑多镇的老人里，丹增算是读过点书的。

而我，则是桑多镇第一个考上大学的。或许正因为这一点，丹增觉得，他和我，都是有文化的人，就喜欢跟我聊天，说古道今，扯些别人听了不明所以的话题。慢慢地，我们成了忘年交。

在我看来，这个干瘦的爱穿深色服装的人，论性格，论脾气，是个典型的桑多人。

为啥这么说呢？让我先说说桑多人吧。

要说桑多人，先得说桑多镇。

高三那年，机缘巧合，我接触到一本与这个小镇有关的残缺不全的史书——《桑多镇秘闻录》，薄薄的，近八十页，蜡版油印本，铁笔银钩的简体字，一看就是解放后的新东西。

镇志办的人说："这是一个姓杨的诗人写的，听说只印了一百本，大多都散佚了。我们保存的这本，算是孤本了吧！"

我问："那这个姓杨的人呢？"

他说："听说因为爱写诗，把自己写傻了。后来就离开了桑多镇，再也没见过，也许殁了吧！"

他不确定的口吻，引起了我对《桑多镇秘闻录》的阅读兴趣，于是借了来，慢慢地翻看。

根据杨姓诗人的记载，我概要地知晓了桑多镇的历史。

这历史，与我的祖先有关。

我的祖先，在西藏待久了，就和兄弟闹起了矛盾。结果呢？被对方排挤，在偌大的西藏无法容身，只好离开西藏，从高处往低处走。

走了好多地方，都感觉不是西藏的那种氛围。那就继续走，到了这个叫桑多的有山有河有树的地方，感觉来了："这地方，还可以，就地休息吧！"

休息了一段时间，觉得越来越舒坦，于是先人说："停下来吧，就在这桑多河边，建起桑多镇。让远道而来的商人，带来粗茶、盐巴和布料。让那在草地械斗中丧身的扎西的灵魂，也住进被诅咒者达娃的家里。不走了，你们要与你们的卓玛，生下美姑娘扎西吉，养牛养羊，在混乱中求生，在计划中生育。"

就这样，一待就扎了根，一待就是六七百年。

我一边翻阅册子里的文字，一边想象文字中的场景，觉得有着六百多年历史的桑多镇，在这杨傻子的笔下，充满了无边的魅力。

事实也真是如此。桑多人信神，也信佛，以能成为神佛庇佑的人而格外自豪。

桑多人相信：在桑多，佛的法力无边，他们一脚就能踩出盆地，一拇指就能摁出山峦。那些看不见的神灵，能让猛虎卧成高高的石山，让天上的水落在地面，成为汹涌澎湃的江河。

桑多人呢，则喜欢在山坳里藏起几座寺院，在沟口拉起经幡，让掠过脊梁的风念经，让流过爱恨的水念经，让照耀苦难的光念经。

在桑多人眼里，从正月到腊月，春夏秋冬，不是先人们命好名的四季，而是四座金碧辉煌的经堂。

我因上学而离开这里多年，后来又回来了。

我看到佛光慢慢消失，又悄然出现，有大德在粗壮高大的松柏下参悟着经卷，有庄严的法号在空谷中撞来撞去，发出高远的回响。

我也发现许多香客像我的姊妹们那样，千里迢迢地去了拉萨，又从遥远的西藏归来，走入自家的老屋，睡在牛羊粪烧热的土炕上。

我曾记下桑多人生活的场景：黑脸男人刚刚牧羊回来，他抱紧了白脸女人。也写下日记：夏天到了，草地上，人们搭建起休闲的帐篷。当然也像诗人那样，开始了奇妙有趣的想象：有人懂得花语，悄然来去，虚掩着门窗。

看哪，当秋月当空，晚饭之后，这里的人们总是喜欢在月下行走，看月光照亮山顶的积雪，看西风吹拂千倾森林，吹拂着祖先们曾经熟睡过的村庄。

这就是桑多人，在神佛的庇佑下，像隐士那样关心着日月，像百兽那样斯守着林莽，也像神灵那样，护佑着自己的山川，不愿来自外界的力量改变这里的模样。

## 三

丹增，就是在这样的环境里出生、长大又衰老的。

他本来是个乐观热情的人，但有那么一年，事情有了点变化，而这种变化，也让他变得严肃而深沉。

这一年，有很多异乡客，来桑多旅游。

这些人，注意到桑多的山，桑多的水，桑多的人，也注意到桑多的佛和神。

他们蜂拥而至，站在桑多河边，有人极目远眺，看到鹰飞起来，像一顶雷锋遗失的棉帽，就大呼小叫。有人看到鱼在河里游走，如水底的珊瑚，星星般闪耀，就按动快门，拿走了不属于自己的风景。

他们在桑多逗留，喟叹。白天，他们走街串巷，看看这，说说那，大声地说笑，买走桑多人习以为常的佛珠、石佛、金刚杵和白海螺，塞过来一些花花绿绿的票子。夜幕降临后，又住进镇上的宾馆，抽烟，喝酒，说大话，夜半时分，不好好休息，硬要弄出些乱七八糟的声音。

后来，当他们显出疲倦的样子的时候，就拎着大包小包，钻进各色各样的铁皮匣子，野兽一样悄然消失了。

桑多人有种隐隐的感觉，他们似乎带走了桑多的某些看不见的东西，也留下了桑多人不愿意接受的东西。

这些看不见的东西，影响了桑多的青年们："一辈子待在一个地方，太没意思了，我们也出去转转吧！"

丹增给旺杰说："你听听，你听听，这些尕年轻人，想当桑多河畔的蒲公英呢！"

旺杰比丹增显得还要老，正斜靠在被褥上犯困，听了老连手的话，翻起沉重的眼皮，迟钝地看了丹增一眼。

桑多河畔的蒲公英，藏历四月上旬，一齐商量好似的，就在河的两岸，密密麻麻地开出黄色的艳艳的弱弱的花，仿佛赶赴某个重要的约会似的。桑多河一步三回头地流向远方，蒲公英也一朵接一朵地开向远方。多年来，桑多人看见蒲公英热烈地开了花，又在初秋时节携着数不清的种子飞向远方，只留下枯枝败叶，和精疲力竭的根，还坚守在生命开始的地方。这很容易让桑多人想起远嫁的女人，离开的儿女，甚至久远的母族，或飘零的族人。

丹增说："你就甭翻白眼啦，你说说：我说得对不对？"

旺杰眨巴着小小的眼睛说："你说的是啥意思？"

丹增说："我说这些年轻人，跟蒲公英一样，那尕脑袋里，打的尽是离开桑多的主意。"

旺杰说："就是，人一离开，就有可能不回来，这可是断根绝族的事。"

丹增说："我们，是不是也该变一变呢？"

旺杰问："怎么变？"

丹增说："我觉得我们该挣挣他们的钱，让我们的日子过得更好点。"

旺杰说："我们过得还不好吗？不愁吃，不愁穿的。"

丹增撇了撇嘴："比起我，你还真是个老古董！"

旺杰说："哪有说变就变的，那轻易做不到。"

丹增严肃地说："只有想不到的，没有做不到的。"

又问旺杰："知道这话是谁说的吗？"

旺杰思考了半天说："听着耳熟。谁说的呢？"

丹增说："我说的。"

## 四

丹增对儿子班玛说："我们该变一变现在的生活了。"

班玛也像旺杰那样懵懂地发问："怎么变呢？"

丹增说："我们也盖宾馆吧！"

班玛说："我们的房子不在路边，盖了宾馆，也没人来住的。"

丹增说："胡说，大多数人，是爱安静的。"又自言自语，"没念过书，脑子里尽是糨糊。"

班玛说："不知道阿妈答应不？"

丹增说："别说你阿妈了，她早就转世了，再也不到这破旧的房子里来了。"

班玛说："还是别拆这旧房子，我媳妇对它感情深着呢！"

儿子一说儿媳妇，丹增就哑巴了。

过了半晌，他说："那我另想办法。"

对于儿媳妇，他内疚万分。

老婆病逝后，儿子结了婚，儿媳妇很漂亮，也很孝顺。

他像父亲喜欢女儿那样喜欢着儿媳妇。

他喜欢看她从地里劳作回来，疲倦地躺在床上。夏日雷雨前的闷热，给了她熟睡的理由。太阳蒸腾着桑多镇，而她就是另一颗让人深感温暖的星球。

他也喜欢她和儿子在一起亲昵地斗嘴的样子。她瞪着圆溜溜的眼睛，翘起厚厚的嘴唇，有着令人赞叹的小小心机。

他更喜欢她依在窗前，一边给父母絮絮叨叨地打电话，一边给他们熬煮奶茶的样子。

正是这个邻家姑娘，他看着她长大，在她母亲的臂弯里沉睡，后来背着书包，去了桑多学校。他也亲眼看到她羞涩地跟儿子班玛打招呼，两人手拉手出了校门。

这么好的女孩，却在婚后第二年为他生孙子的时候，死于大出血。在葬礼上，他没有像儿子那样号啕大哭，但他还是觉得自己的心，继老婆过世之后，又碎了一次。

## 五

丹增东凑西借，筹备了五万元，买下了镇北旺秀家闲置已久的一间土木结构的临街平房。

旺杰劝他："你花了那么多的钱，买来那么破的房，划不来，还是退给旺秀家吧！"

丹增说："这房子，会值钱的。你不懂，就别给我操心了！"

旺杰说："你会后悔的。"又捶着胸脯说，"我借给你的那一万，看来打上水漂漂了！"

班玛也说："阿爸，我也觉得花那么多的钱，买那么小的房，真的划不来。"

丹增严肃地想了会儿，然后用深沉的语调告诉儿子："你放心，我会把它变成大房子的。”

他把那间摇摇欲坠的房子简单地收拾了一下，就搬了进去。

随后，他背起背篼，到处拾粪，牛粪、羊粪、狗粪，都拾。

旺杰看见他把小孩拉在街角的大便，也拾回了家，就笑话他：“大便也拾？你就不怕臭？你是不是老癫盹了？”

丹增说：“你才是老癫盹。大便也是粪，你忘了？撒到地里，营养肥得很呢！”

他把拾来的粪堆在房子的左前方，都快堆到路边了，一到热天，那里就散发出熏人的臭味。邻居和游客路过，都捂住鼻子绕着走。

时间一长，那粪堆变大变高，臭味更重了。有人看不下去，告到了镇政府。

镇政府来了个姓李的干事，要求丹增尽快想办法，他满口答应。过了几天，他请人在房子周围砌了围墙，把粪圈了进去。

这下，他的房子有了院子，地盘也变大了。一根路旁的电线杆，竟然也在他的院子里。

李干事来检查，见他占了不该占的地方，要求他拆掉院子。他不干，说是花了好多钱，好多力，好多时间。要拆，就得赔他几万。

李干事苦笑几声，摇摇头，走了。

旺杰来找他，一看他的院子，笑了：“你院子里还有电线杆啊！”

丹增说：“就是，这些镇上的干部，把电线杆都栽到我院子里来了，你说像话不像话？”

旺杰说：“我呸，你这老家伙，死不要脸！”

丹增嘿嘿嘿地笑起来。

桑多这地方，流行一种地方民谣，叫“洮州花儿”。后来，丹增圈院子的事，被一个歌手编到了花儿里，这样唱道：

红心柳，四张杈，我家院子实在尕。

粪堆往前挪一下，镇上干部没办法。

## 六

圈好了院子，丹增就拆了那间旧房子，在老地基上，开始盖三层的小洋楼。

他打算盖这洋楼当宾馆呢。

掐指算了材料费和手工费，就指挥儿子："公家不是支持城镇化建设嘛，你去信用社贷上三十万。有这些钱，做啥都够了！"

一年后，小洋楼还真盖起来了。

镇上的邻居们都来恭喜，镇政府的李干事也来了，说："去年你占了公家的地方，公家本来要派人拆除你的院墙，但考虑到桑多正在发展旅游业，就没为难你。现在你盖起了小洋楼，听说要开宾馆，这是好事，得支持，所以公家派我来给你老人家贺喜。"

丹增说了好多千恩万谢的话，李干事一高兴，说宾馆开业时，要请领导来剪彩。

旺杰在一旁听见了，说："要在肥肉上贴膘？丹增这老家伙，交上好运了！"

谁知第二天丹增和旺杰在镇南矮墙下晒了会儿太阳，就感冒了，竟是越来越重的样子。

可他拒绝输液，还说他这辈子从来没输过液，得病了，得扛过去。

三天后，听说丹增的病情不但没有好转，还扯到心肺上去了。

我去看望的时候，班玛已经请来了桑多寺院的僧人仁青，正斜跨在炕沿边看病人的舌头。

仁青说：“看看，舌苔都是黑的，得赶紧吃西药，藏药中药作用慢，打针作用也不大，我看还是输液吧。”

丹增这次不犟了，只点头，不说话。

又过了几天，听说丹增的病有好转，我也快回学校了，就去向他告别。

丹增说：“你说得对，还是输液好，你看，我鼻子不红了，鼻涕浓了，也黄了。这病，真的快好了。”

我说：“那就好，那就好。”

丹增说：“我听儿子说，你要离开这里了，是不是？”

我点点头。

他追问说：“一辈子都不回来？”

我吃了一惊：“谁说的？”

丹增说：“还用别人说吗？你们读书人，有了工作，就不回来了！”

我说：“我会回来的。”

丹增说：“话不要说得太死。你看桑多镇上，那些出去打工的，心都浪野了。你迟早会当干部的，回来的可能性，我看很小。”

我一时语塞，不知该怎么回答才好。

恍惚中，想起一首某藏族诗人的诗来：

用雪山下的河水饮好我的马，
用高原上的牛粪净过我的手，
把祖先传下来的白净的哈达，
献给那命中注定会离别的人。

从丹增家出来时，一阵秋雨刚刚过去。雨后的桑多镇，水渍遍地。天空在林立的高楼间露出了寒冷的青色，绘有靓丽女人的广告牌招摇地横在高处。

寒风中，几辆缓缓驶来的外地牌照的汽车，在一家宾馆门口停下来，车门打开，几个着装鲜艳的男女，拎着大大小小的包袱，叽叽喳喳地商量了一阵，就走进了宾馆。

此情此景，使我突然明白过来：丹增盖宾馆的想法，是对的，桑多镇真的要变了。

## 七

大学毕业后，是留在城市打拼，还是回到家乡奉献，这种两难选择，确实让我犹豫了一段时间。也许是丹增的话对我有所影响吧，我还是回到了桑多镇，在桑多学校当老师。

听说班玛又结婚了，小两口起早贪黑，经营着小洋楼的生意。

随后又听说丹增打算拆掉辛辛苦苦盖起来的小洋楼。

班玛慌了，对父亲说："阿爸，你不让我活了？"

丹增问："啥意思？"

班玛说："我们还没还清那三十万的贷款，你就要拆楼，你这不是把你儿子往死路上逼吗？"

丹增说："我看不拆的话，我们就活得人不人鬼不鬼了。"

班玛说："阿爸，我的看法和你不一样。"

丹增问："你说，你有啥看法？"

班玛说："不管桑多镇怎样变化，只会越变越好。"

丹增说："我们把祖先传下来的美德丢在一旁，为了挣钱，学会人坑人，人骗人，人哄人，这就是越变越好?”

班玛说:“阿爸你说得对，不过我们也懂得了顾客至上，学会了诚信经营，我看这就是变化，就是进步。”

丹增说:“嗯，你是学会了诚信经营，你数数吧，桑多镇上，像你这样想诚信经营的，有几家宾馆?我看都是袖子里藏着刀子的屠家。”

班玛说:“阿爸，你把人也看得太坏了吧!”

丹增说:“再甭说了，我走过的桥比你走过的路多，淌过的泪比你吃过的盐多，依我看，人不是恶狼就是狐狸!”

班玛说:“你要这么说，我看你就是一条狼，快要咬你的儿子了!”

丹增说:“你这个没大没小的家伙，把话说清楚，啥意思?”

班玛说:“阿爸你听啊，现在，我们吃饭有肉，出门有车，穿衣呢，看上啥就买啥，再也不用一年四季都裹那笨重的袍子了。你说这样的好日子，你不过，还不让你儿子和你儿媳妇过吗?”

丹增说:“你们这叫忘本，是娶了媳妇忘了娘!”

班玛说:“阿爸，我就想忘本，就想娶了媳妇忘了娘，我再也不想过那一天三顿都吃糌粑的日子了!”

丹增说:“我不想和你说了，你们年轻人，想怎样折腾就怎样折腾吧!”

丹增用手连连拍打着自己的大腿，那痛心疾首的样子，使得班玛闭了嘴，不知该说什么好。

过了会儿，丹增说:“小宾馆，那就不拆了，我也不想管了，你和你媳妇看着办吧!”

班玛笑了:“好，那就这样，我和媳妇好好经营宾馆，你就等着享福吧!”

丹增说:“享个屁福，你还是给我买十来只羊吧，以后我赶着它们天天到山上图清静去呢！”

## 八

我备了一份厚礼，去看丹增。

班玛正在宾馆里忙活，一个漂亮的女人站在收银台后，看着我笑。

我问：“她是弟媳妇吧？”

班玛对女人说：“快问阿哥桑吉好！”

女人笑着点了点头，算是打过招呼了。

我说：“你结婚的事，怎么不告诉我？”

班玛说：“阿爸不让我告诉你，说你很忙，不要打扰。”

我说：“看你们说的，我有那么忙吗？老人家哪去了？”

班玛说：“上坟去了！”

我问：“上谁的坟？”

班玛说：“大叔旺杰的坟。”

我吃了一惊：“旺杰殁了？啥时候的事？”

班玛说：“我娶媳妇的那天。”

我追问：“到底怎么回事？”

原来，班玛结婚那天，旺杰来贺喜，多喝了几杯，乘没人注意，骑着自行车溜了。路过桑多河上的斜阳桥时，摔到了桥下，顿时就昏迷了。黑夜慢慢渗入他的身体，死神到来，惋惜地收走了他的灵魂。人们找到他时，他的身躯已经僵硬了。

我听了，禁不住流泪。这个旺杰，当过兵，提过干，回到老家桑多镇后，退休了。我们有时会在晒太阳的人群里见到他，真是个幽默风趣、能说会道的人。他的死，却是那么悄无声息。

班玛说：“我阿爸总觉得旺杰还没死，还走在回家的路上。旺杰的家人，也不相信他突然离开的事实，都觉得他只是去了另一个地方。”

我在坟地里找到了丹增。

他显然老多了，又瘦又黑，坐在旺杰墓前，像半截快烧焦的木头。

我跪下去，烧了纸，敬了香，又磕了头。

丹增说：“来了？”

我说：“来了！”

丹增说：“来了就好。”

又问我：“不走了？”

我说：“不走了。桑多镇挺好的。”

丹增说：“不走就好。”

我说：“给我说说桑多镇的历史吧！”

丹增说：“好，那我就说一些，历史，是该记住的东西。”

丹增说，听说桑多建镇以前，是一片湿地，有很多羚羊在这里繁衍生息。后来，我们的祖先们来了，不知为什么，湿地渐渐变成干地。祖先们想发展的愿望，就更强了。于是，那些可怜的羚羊，只好给人类让位，迁徙到了别的地方去了。

羚羊离开不久，祖先们还不曾繁衍到三辈人，来了一批垦荒者，他们是躲避战乱的老百姓，和无家可归的流浪汉，有的骑着马，有的扛着旗，有的什么也没带，一脸可怜兮兮的样子。

他们也在小镇上留下来，与我们的祖先们结婚生子。慢慢地，造了更多的房子，养了数不清的牛羊，开了更大的土地。

就这样，桑多镇有了能说得上的历史。

丹增的讲述，和《桑多镇秘闻录》里写的，有重合的地方。看来桑多镇的野史和正史，都没有被人过多地神话。

我把我的想法给丹增说了，丹增说："历史，是谁想改就改的吗？改不了！"

我说："历史改不了，不过，地方的风气，还是很容易变化的，你说对不？"

丹增说："就是，人就这样，一个人影响另一个人，一群人影响另一群人，慢慢地，就变了。"

说罢，他抬起头，长长地叹了一口气："唉——"

他的眼里，倒映着灰色的天幕，空空荡荡的。

## 九

我无话找话："我去宾馆看你了，你儿子在，我没想到他结婚了。"

丹增的眼里有了亮色："他再不娶媳妇，我家就断后了。再说，有来就有去，有去就有来，我们总不能一直活在过去，你说对不？"

我问："你想通了？"

丹增说："早就想通了。"

我问："宾馆的生意好不？"

丹增说："好得很。不过，越好我越担心。"

我说："担心啥？"

丹增说："担心我们这的风俗，会越变越糟，变得乌烟瘴气的。"

我说："我学过一个成语，叫杞人忧天，就是说有这种想法的你们的。"

丹增说："你先别笑话我，你知道我为啥打算拆那栋楼吗？"

我说："是啊，辛辛苦苦盖起来，还没两年，就要拆，人们都说你老糊涂了！"

丹增说："屁话！你知道那栋楼里天天都发生啥事吗？"

我说："能有啥事？"

丹增说："宾馆里天天人来人往的，别人看着羡慕，我看着闹心。你猜来的都是啥人？有赌博的，有吸大烟的，有带着别人的婆娘过夜的，有商量见不得人的事的。我看再开几年，那里就成杀人的地方了！"

我说："你也说得太绝对了。你想想啊，你这宾馆，给外来旅游的客人，提供了多少方便？按李干事的话说，你这宾馆，对桑多镇的经济发展，起了大的作用呢。"

丹增说："你就甭像那人那样说官话了，桑多镇的风俗，这几年变了，我看就是让旅游给带到邪路上去了。"

我说："你甭担心，我套用你的一句话：该变的，总会变；不变的，变不了。你就放心吧！"

丹增说："放心不下。除非我像这坟里头的旺杰，死了，就不牵心这阳世上的事了。"

我说："你甭这么悲观。我给你背一段与桑多镇有关的诗歌吧！"

丹增："诗歌？像萨迦格言那样的？"

我说："不是，是新诗歌。"

丹增说："谁写的？"

我佯装生气："你到底听不听？"

丹增嘿嘿一笑："好吧，你背，你背！"

于是我清了清嗓子，看着远处的山川，慢慢地背道：

因为兄弟之间的仇怨，祖先们走出山谷，
牵着神骏，举着旌旗，背着羽箭和长矛，
穿越了数不清的白昼和黑夜，步行了

几千里的非常路，终于找到了理想的土地。
在宗师的指引下，祖先们在桑多河畔
扎下了根，开始了自己的繁衍。

后来，大德们晒在阳光下的经卷，被时光
翻到第一百零八页，就被风给吹乱了，
只剩下纸上的明晃晃的下午。
河谷两岸，肥沃土地上招惹禽兽的五谷，
也在一茬又一茬的生长过程中，成为佳酿，
引出了人世间数不清的笑容和泪水。

我沉浸在自己的背诵中，感觉有泪流下来，又被风给吹干了。

丹增说：“背完了？”

我说：“背完了。”

丹增说：“太文了，不像高僧们写的。”

我说：“你说得对，是我写的。”

丹增说：“你写的？啊呀，想不到我们桑多镇上，竟然出了个诗人！”

我说：“你就甭讽刺我了。我背的，你没听懂吧？”

丹增恼了：“甭瞧不起人，我又不是白痴！”

我问：“真懂了？”

丹增说：“真懂了。”

我说：“那就好。”

我们不再说话，只是看着离墓地不远的桑多河，从桑多山下蜿蜒而来，穿过年年枯荣的桑多草原，一刻也不停息地哗哗流淌，绕过了神灵守护的雪山，去了更为广阔的大野。

# 达 珍

## 一

我十岁生日的那天，四年级学生旺秀、拉姆草、达珍和我溜出学校，在我家院子里玩过家家的游戏。

下午的阳光黄黄地照着院落，这让我觉得，玩游戏时的时间是那么珍贵，似乎一把就能抓住。

我和达珍约定好：要试着做一回两口子。

当她叫我“哎”，算是喊我。当我说出“嗯”，算是应答。

我给她耕地，种田，准备过冬的蔬菜。她给我做饭，烧炕，暖好冰冷的被窝。

按照游戏规则，她必须跟我过日子，生下一窝娃娃。

当我压在她身上时，她哭了。

当我要亲她的脸蛋时，她挣扎起来。

我生气了，扇了她一耳光：“听话！”

旁边的旺秀和拉姆草都大笑起来。

旺秀建议说：“我们还是去草房里吧，那里才是玩游戏的好地方。”

我说："说好了在院子里玩的，你想破坏游戏规则？"

旺秀说："玩这游戏，就要小心点，最好甭让大人见到。"

达珍说："就是，大人见了，怪不好意思的。"

于是我们都进了草房。

我和达珍都深陷在草堆里，麦秆干燥又充满韧性。

我喊达珍："哎，媳妇儿，来，到你男人怀里来。"

达珍靠紧了我，用手搂住我的腰。我捧住她的脸蛋，亲了亲她的额头。

我深感刺激，想干出些什么，然而我的身体是那沉睡的冬地。

达珍显然也很紧张，反过来低声安慰我："阿哥桑吉，你甭急，你甭急。"

她抚摸着我的脸颊，就像大人抚摸大人那样。

我听见鸽子咕咕乱叫，狗也开始狂吠，太阳肯定快落山了。

我着急起来："不行，我不想玩了！"

我们分开了。她不看我，深陷在草堆里。

我回到院子里，坐在屋檐下，想起自己十岁的生日，就这样快过去了，禁不住有些伤心。

达珍离开的时候，我的父母刚刚拾柴回来。他们刚把车卸好，太阳就落山了。

父亲说："年后，听说达珍就要订婚了！"

母亲不说话，定定地看着我。

我低下头，想起自己的生日，在一个大我两岁的女孩那里，彻彻底底地失败了，心里的悲伤，就像即将到来的黑夜，越来越浓，越来越重了。

## 二

我是怎样一个人呢？反正我自己说不清楚。

后来，我读了点书，和别人一对比，才知道自己是个古怪的人。

母亲去桑多河边担水的时候，一不小心跌了一跤。这一跤跌得厉害，竟然就把我从她肚子里跌了出来。

我一生下来，就闷闷的，一点也不哭闹。这让母亲很担心：“这小家伙不会是哑巴吧？”

父亲在我屁股上打了几巴掌，我还是闷声不响。

父亲说：“这家伙可能是个贵人！”

父亲错了，我不是贵人，是个怪人。

十岁生日的那天晚上，在听到达珍要订婚的消息后，我心里憋得慌，觉得肚子里有酸得发臭的东西，需要吐出来。

临睡的时候，还是没吐的迹象，我就只好放声大哭。

这可吓坏了母亲，她指使父亲去请镇上的阿古（僧人）仁青。

当身穿绛红色衣服的仁青来到我家时，我还在哇哇地哭，都快哭断气了。

仁青命令我父母按住我，以免我扬手蹬腿伤了他。他翻了翻我的眼皮，看了看我的胸脯，然后对我父母说：“你们的儿子，可能沾了脏东西了！”

父亲问：“你说的是啥意思？”

仁青说：“今天，你儿子干了不该干的事了。”

父亲问：“那到底干了啥事？”

仁青说：“我也不知道，反正，事情已经发生了。”

父亲问我：“你今天到底干了啥了？”

我摇摇头，不哭了，紧闭着嘴巴。

母亲说："我看见他和旺秀、达珍在一起。"

父亲说："你老实说，是不是他们欺负你了？"

我说："没，我在和他们玩过家家游戏。"

母亲说："那也没啥，不就是个游戏嘛，没必要哭的。"

我说："可是，我亲了达珍。"

父亲、母亲、仁青都呆住了，他们相互看了几眼，都露出尴尬的样子。

我一看，知道哪里不对劲儿了，又开始抽抽搭搭地哭。

父亲对仁青说："不说这事了。孩子的病，有啥禳解的办法吗？"

仁青说："有。吃颗药，睡一睡，就好了。"

他从随身带的褡裢里取出一口褐色小袋，从中抖出一粒黑乎乎的药丸，喂进我嘴里。

我还在抽抽搭搭地哭，当然不愿吃那苦咧咧的东西，就吐了出来。

仁青把我的嘴掰开，硬是把药丸灌进我肚里。这东西果然厉害，只一会儿，我就睡着了。

可是，第二天，镇上的人都知道了我和达珍他们玩过家家的事。

这事带来的后果，就是达珍没有订婚。

男方家带来了话："这样没教养的丫头，我们不要。"

我选了个没人的地方，傻傻地吼了几嗓子。

很奇怪，自从哇哇大哭了一次，我竟然爱上了哭的滋味。只要想起不顺心的事，我就哇哇大哭，直到哭得声带嘶哑、面色潮红才作罢。

父亲对母亲说："看来阿古仁青的药丸，不是多么神奇的东西。"

母亲说："对佛不敬的话，你就不要说了！"

在哇哇大哭的过程中，我慢慢长成一个喉结粗大的小胡子男人了。

这时我才认识到：既然是个男人，不管遇到什么难肠事，就不该哇哇大哭，应该哈哈大笑。

我背着人尝试大笑的滋味，竟然一下子就适应了。

于是，我哈哈大笑，有时当着父母的面，有时当着亲戚的面，有时当着邻居的面。

他们都说："这孩子的脑子出问题了！"

母亲忧心忡忡地说："去佛爷那里看看吧，桑吉可能得了不该得的病了！"

父亲说："你就叫他笑吧，看他能笑到啥时候。"

我想，我很有可能会把哈哈大笑当成这辈子的语言。

然而不，达珍，又把我变成了一个正常的人。

## 三

有人说，在一个地方待久了，待得没有任何新鲜感了，任何人，都会有离开此地的想法。

又说，这想法，其实是种病，得治疗。

十五岁那年，正在上中学的我，就犯了想出走的病。

自草房事件后，达珍就退了学，桑多学校里，再也没有她的身影。旺秀家里穷，弟兄又多，念不起书，也退了学。拉姆草的父亲，把拉姆草嫁给了镇上的木匠，那是个离了婚的男人。

只我硬着头皮在上学，不过，没人愿意跟我玩儿，我像个校园里的孤独的游魂。

从那时起，我就得了想离开桑多的病。

这病没人替我治，同学们只会火上浇油，让我的病发作得更厉害。

老师们，根本就不知道我有这种病，他们有他们的想法，才不关心小猫小狗的事呢！

我在镇口找到了拾牛粪的父亲，对他说："阿爸，桑多镇上啥意思也没有，桑多河边，也没啥有意思的事，你给我点钱，让我离开桑多镇，到外面去转转吧！"

父亲说："初中还没毕业，你的翅膀就硬了？"

他还想说啥，那些话被一阵呜呜声给打断了。

扭头一看，来了个穿红色夹克衫的女孩，头发棕黄，皮靴发亮，骑着红色的摩托。

父亲说："你可不能学她那样子，尽往外面乱跑！"

我不接父亲的话茬，反问："这丫头是谁？"

父亲说："就是把你变傻了的那个丫头！"

我撂下父亲，跑过去问她："达珍，你到哪去？"

达珍甩甩卷曲的长发说："县城。"

天哪，脸蛋发亮的达珍，让人心疼的达珍，骑着红色摩托要去县城的达珍！

我激动起来："你能带走我吗？你能带走我吗？"

她不回答，看了看我父亲。

父亲严厉地看着她。

可她不管我父亲的眼光，扭头对我说："想走就走，不要婆婆妈妈的！"

我能跟随她远离这牛皮一样韧性的生活吗？

我能跟随她走向那神秘又陌生的远方吗？

是的，我的心里，不就是这样渴望的吗？

我骗腿上了达珍的摩托。

父亲冲过来，拽住我的衣袖，想把我拉下来。摩托吼了一声，猛地一扑，往前蹿了一大截路。

父亲空着手站着，张口结舌的样子。

我对达珍说："达珍，我想死你了！"

她不回头，使劲儿往前开，但嘴里还是回了话："你说啥？我听不清楚！"

我只好闭了嘴，不再说话，只紧紧地抱住了她的腰。

那年，她十七岁了。

## 四

县城里没啥意思，只是比镇子上多出了楼，多出了人，多出了路，多出了各种各样的车。

我陪达珍在街道上走。她比我高出半个头，眼睛黑亮黑亮的。

她的胸脯，比我想象得要高。屁股，比我想象得要大。嘴唇，也比我想象得要红。

我对她说："你变化太大了，我都认不出来了！"

她说："你也变了啊，都有胡子了！"

我说："那件事后，就再也没见到你。阿妈说，你去了牧场。是吗？"

说起"那件事"，她的脸上掠过一道阴影，瞬间又恢复了平静。

她看着我说："就是，你看，我的脸，都晒成电影里的非洲人了。"

我说："你不黑，没我黑。"

她说："我能跟男人比吗？我可是个姑娘！"

我哈哈大笑起来。

她警告我："不要笑，再笑，就真成傻子了！"

我问："你不喜欢傻子?"

她说："谁会喜欢傻子?谁希望自己的男人是个傻子?"

我说："你还当我是你的男人?"

她拍拍我的脑袋说："我哪有这样小的男人?等你再长高半截再说吧!"

我认真地说："只要你把我当你的男人，我就不做傻子!"

她笑了："看缘分吧!"

从县城返回桑多的途中，我们在桑多河边停了车，站在岸边看波浪。

站得久了，我们的脸上，就有了寂寞的样子。

达珍说："草房那事后，我就在这条河的上游，和羊群在一起。"

我说："那是啥滋味呢?"

达珍说："有时候，我觉得自己像个部落的首领，有时候，又觉得自己像个要饭的。"

我责怪她："你怎么能这么想呢!"

她说："胡想呗!"

说这话的时候，浮现在她脸上的，是淡然的神情。

她说："说说你在学校的滋味吧!"

我说："我倒觉得我们念书的娃娃，像一群羊，在老师们的带领下，吃草，吃草，吃草。那些学校，不管是桑多学校，还是县上的中学，就是牧场。我们的桑多镇，其实就是羊圈。"

达珍听得笑起来。

我接着说："以前我讨厌这羊圈，现在，开始喜欢了。"

她问："为啥?"

我说："不为啥。有你在，就高兴，就觉得自己还是这羊圈的主人，不是羊，是人。"

## 五

但后来发生的事，让我明白：在这桑多镇上，我们始终是羊，不是人，更不是牧羊人。

达珍十八岁那年，嫁人了。

其实不是出嫁，是招婿。女婿不是我，是我的老同学——旺秀。

也许真的因为过家家的事，坏了达珍的名声。名声坏了，当然也就坏了她的婚姻：没人愿意娶她为妻！

我对父亲说："让我娶了她吧，我喜欢她，你知道的。"

父亲说："喜欢个屁，她都结婚了，你没见那个又高又大的旺秀，早就住进她家了吗？"

是的，旺秀的确常去她的家，这个远看黑乎乎的家伙，牙齿倒很白净，浑身散发着浓浓的膻味。

我的心被什么给揪住了："那个从小就显出老相的旺秀，成了她男人？"

父亲说："不是他还有谁？你就死了心吧，要记住，你是个读书人！"

哼，我这读书人，越读越笨了！

唉，自听到这个消息，我的心里，有了一种叫荒凉的东西了！

我在想，她到底喜欢不喜欢我呢？

如果喜欢我，就该等我。如果不喜欢我，就该给我说说她要结婚的事。

可她啥都没给我说，连招呼也没打，就跟别人结婚了。

好吧，好吧，那就这样吧！

我听从父亲的建议，转学到县城，上了县上的中学。

我以为，所有与达珍的有关的风，再也不会吹皱我平静的心湖了。

## 六

桑多人爱听也爱唱“洮州花儿”，有一首这样唱道：

我像牡丹开败了，
嫩枝嫩叶不在了，
蜜蜂把花不爱了。

我和达珍，没了姻缘。但达珍和旺秀的婚姻，还是散了。你听：蜜蜂把花不爱了。

好端端的婚姻，为啥散了？

那又黑又高又显老相的旺秀，有了别的女人了。

不知从啥时候起，达珍开始在意旺秀了。她家里人，也不把旺秀当上门女婿看，竟当成家里的掌柜的了。

这一身份的改变，把旺秀活人的骨气，一点一滴地找了回来，他越活越像《格萨尔王传》中凯旋的英雄，敢于对达珍、达珍她爸她妈发号施令了。

以至于发展到，他竟然出去找别的女人！

有几次，刚吃完夜饭，旺秀骗腿下了炕，说是要去朋友家玩儿，也不说要去谁家，就咣当一声推开门走了。

达珍心里的那棵名叫怀疑的树越长越大，都快展开浓密的枝叶了。

她开始跟踪，果然发现了秘密：旺秀去了镇上木匠的家里。木匠常常出去给人盖房立房，轻易不回家。这旺秀，显然是去找木匠的女人了。

木匠的女人，正是和旺秀玩过过家家的拉姆草。

达珍扑进木匠家，抓住拉姆草的头发，把女人揪到大门口。拉姆草也不示弱，也揪住达珍的头发，两人就在门口厮厮打打，滚成一团。

等乡亲们赶过来时，厮打已经结束。不是两个女人罢了战，是旺秀出了手：他揪住达珍的头发，像拎兔子那样，把达珍拎回家了。

既然好事败露了，旺秀就正大光明地去见拉姆草，达珍又跟了几次，闹了几次，哭了几次，后来就出了问题。

起初，她对父母亲诉苦，父母亲都苦着脸，看起来比女儿还苦。

后来，她对旺秀诉苦，旺秀理都不理，把她当成了咩咩乱叫的母羊。

再后来，她就对花草树木诉苦，对电线杆和石头诉苦，对河水和庄稼地诉苦……

说着说着，就骂起来，边骂边哭，边哭边闹。

小镇人明白过来：达珍疯了！

从县城回来度假的我，在听到达珍的处境后，也明白过来：我和达珍的缘分，尽了！

有一天，我在街上遇到她。隔着二三十步远，她就认出了我："是桑吉吗？"

我说："就是。"

她问："你来看我来了？"

我蒙了，不知该怎么答复，嘴里只好发出嗯嗯啊啊的声音。

她说："哼，死旺秀不牵心我，有人牵心我呢，对吧！"

旁边观看的人都哄笑起来。

我羞了，也恼了，转身就走。

她追上来，揪住我的耳朵说："你不想和我玩过家家吗？走，这就走，我们到草房里走！"

说着，她手上加了劲儿，我疼得龇牙咧嘴，抓住她的手，扭到她身后。

她噢噢噢地叫起来，喊道：“你就这样对付你婆娘吗？你就这屁大的本事吗？”

看客又哄笑起来。

我知道，再不走的话，我也会发疯的！

## 七

木匠回来了。

很奇怪，在这人世间，夫妻出轨的事，虽被人传得纷纷扬扬的，但当事人，最后才能得知秘密。

木匠本来不知道老婆拉姆草和旺秀有一腿，但发疯后的达珍，三番五次找拉姆草理论，这团火，包不住了，不但包不住了，还烧着了木匠。

木匠拿着干活用的工具，来到旺秀家里。

他从一口蛇皮麻袋里掏出一把锤子说：“我想用这个砸死你！”但他还是把锤子放在了一边。

他又掏出一把锯子说：“我要用这个锯掉你的脑袋！”

又掏出一根凿子说：“我要用这东西，凿掉你那眼睛！”

又掏出一把刨子说：“我要用这东西，刨掉你的脸皮！”

又掏出一把斧子说：“不行，我还是直接些好，我要用这东西，剁掉你那东西！”

他的手又伸进袋子里，这次，掏出了一个墨斗，不知该说什么，突然蹲下身，埋头哭起来。

旺秀一直没搭腔，也没躲避，只是冷眼看木匠。

木匠哭了半天，拿起斧子，站起来。

门外突然拥进一群人，木匠一看，是旺秀的几个弟兄，都高高大大黑黑乎乎的样子。

木匠擦掉眼泪，把锤子、锯子、凿子、刨子、斧子、墨斗，都一一装进袋子，扛在肩上，拐出人群，走了。

旺秀的一个兄弟问旺秀："家里乱糟糟的，你知道是谁的错吗？"

旺秀说："别问我，我不知道。"

兄弟说："我们穷是穷，但还是不要干那丢人的事。"

旺秀说："我的事，你们不要管，行不行？"

兄弟说："能不管吗？疯的疯，闹的闹，还嫌不丢人？"

说话之间，达珍披头散发地从外头回来了。一见有很多人在，高兴地喊叫："这么多人？都想玩过家家吗？"

兄弟们说："我们走吧，看看这个家，都成啥了！"

经过木匠这么一闹，旺秀和拉姆草断了来往。

然而得了疯病的达珍，又将旺秀、拉姆草和我，放在闲话的旋涡中了。

## 八

我是谁？从哪里来？到哪里去？

也许人活到一定年龄，就得思考这三个问题。

有的人思考了半辈子，还是没有啥结果。

有的人思考了一段时间，经历了车祸、火灾和莫名其妙的挨打，之后，干脆就不思考了。

有的人，譬如我吧，爱读些对人生有所感悟的文字，且对宗教还感兴趣，因此，对这三个问题，还是有一搭没一搭地对付着。

我是谁？

——我是只野兽，有着野蛮的肉体。

从哪里来？

——我来自桑多镇，在县城里念高二，我想面对桑多镇上弥漫的黑夜，诉说那些陈年往事。

到哪里去？

——我从深林里蹿出，扑进幽暗的水里，脚被水草缠住，发被激流带走，呼吸也被窒息，绝望由此开始。

在试图解决这三个问题的过程中，我荒废了学业，也荒废了许多珍贵的日子。

那段日子，达珍的病越来越重了。

她犯病的时候，爱到处乱跑，爱自言自语。若有人愿意跟她搭话，她就逮住这个人，颠三倒四地说个不停，似乎那肚子里都是话，会一股一股涌出来，像泉水那样，一直流不完。

等到旺秀或者他的家人找到她，把她拉回到家里，她又整宿整宿睡不着，躺在炕上时，会圆睁着充血的眼睛，紧盯着灰暗的屋顶，直到鸟儿们叽叽喳喳地喊出那黎明来。

病情好转的时候，她已经不能下地干活，只能做些简单的家务。只有在这段时间，她是安静的，亲房邻居来看望她，她的脸上，会浮起一团羞怯的红晕。

可是一旦再次犯病，情况就比上次犯得更厉害。她会情不自禁地到处跑、到处说、到处闹，拦不住，堵不得，骂不了。

旺秀只好请来了阿古仁青。

仁青看了，又从身边的兜里小心翼翼地摸出几粒黑乎乎的药丸。达珍吃了药，安静下来，不吵不闹了，后来竟睡了过去。

旺秀想喊醒她，仁青说：“甭喊，甭喊，她这病，得休息，就让她好好睡一天吧！”

谁知竟睡了三天。

旺秀一紧张，又去找仁青。仁青不在，说是到邻村看病去了。于是听了仁青家人的话，到寺院里去请阿拉（活佛）。

阿拉一听，说：“她有心魔了。”

旺秀说：“您的意思是：她成魔了？”

阿拉说：“不是她成了魔，是魔占了她的心。”

旺秀问：“那该怎么办？”

阿拉说：“得念经，驱魔。”

阿拉正在筹备一个法会，无法脱身，就派了三个弟子，到旺秀家来念经。

达珍醒过来，见旺秀不在身边，又大吵大闹，往墙上、被褥上一个劲儿地抹鼻涕。

阿古们一进门，达珍有点慌乱。

等到桑烟在屋外升起，诵经声在屋内回旋，她竟然慢慢地安静下来，听着听着，她又睡了过去。

阿古们的诵经驱魔，果然有效，达珍安静了半个多月，能吃，能睡，脑子也清透了。

旺秀见达珍的病情有所好转，心情好起来，有一次做饭时，情不自禁地轻哼起念书时学过的歌，哼的都是片段，有一句没一句的。

达珍听了，却亢奋起来，开始蹬被子、甩枕头，跳下炕，赤着脚，要去外头。

旺秀急了，只好把达珍反锁在院子里，又去请阿古。

阿古们来了，远远看见达珍在房顶上走动，披头散发的。

等阿古们进了院子，达珍早就从房顶下来，坐到炕上了。

又诵经，又睡去，又安静几天。

几天后，又犯病，又去请阿古。

又诵经，又睡去，又安静几天。

如此反复再三，阿古仁青看不下去了，觉得达珍太可怜，就对旺秀建议说："这病，是心病。心病，这灵和肉，都得治。"他正告旺秀，"诵经驱魔，只能安心，要想叫身体也好起来，你还得带她去医院看看！"

旺秀带达珍去了医院，一段时间后，病情好转，就出了院。

谁知一到家里，还没过几天，又犯病了。

这样，旺秀只能三番五次地送她去医院。

奇怪的是，如果是旺秀送她去，她会又吵又闹，病情会日日加重。若是旺秀的家人去，她会一声不吭，配合着大夫，小心地吃药。

可是，旺秀的家人，各有各的事，谁能频繁地去伺候一个患有疯病的女人呢！

就在她到处跑、到处说、到处闹、到处看病的过程中，我和她、旺秀和拉姆草在草房里过家家的细节，经她的口，家喻户晓了。

我们，再次成为桑多镇人茶余饭后谈论的话题了。

我的县城里的同学们，也开始和我拉开距离，他们想孤立我了。

我的人生之路刚刚展开，我就陷于迷途，前望望，后看看，张口结舌，无法设定我的今生今世。

## 九

但我还是考上了大学。

准备去学校报到的前夕，父亲对我说：“看样子，达珍的病，治不好了！”

母亲说：“可怜的丫头，自己毁了自己。”

我说：“阿妈，我觉得是我毁了她。”

父亲说：“你可不能这么说。她现在这样子，与你没啥关系！”

我不想跟父母争辩，晚饭也不想吃，出了门。

我的心里没有任何金榜题名所带来的喜悦，一个人在夜幕下的桑多镇上溜达，真的像个游魂。

在一条偏僻的巷道里，我遇到了达珍，哦，天哪，她再也不是那个穿红色夹克衫、骑红色摩托的英姿飒爽的女郎了。

她的衣裤还算完整，不过，浑身脏兮兮的，正在摘取下垂的杨树叶子。脸上神情，再也没有原先那么淡定，眼神有点空洞。

看到我，她赶忙把叶子塞进嘴里，含糊地说：“不要跟我抢，不要抢！”

我愣了片刻，问她：“达珍，我是桑吉，你不认识我了吗？”

她的眼睛瞬间就亮了，说：“桑吉？过家家。旺秀，过家家。”

我一听，赶忙扭头往回走，生怕她追上来。

她没有追，只是喊道：“记得给我打电话啊！”

我浑身发颤，回头看她，她却在摘杨树叶子，不看我，那句话，也似乎不是她喊出来的。

我上了大学。一个月后的某一天，手机响了。一看，是来自桑多的陌生号码。

我问："谁啊？"

一个男人的声音："我，旺秀。"

我说："哦，老兄弟啊，有事吗？"

旺秀说："达珍这段日子病好了许多，她说她想你，叫你来看她。"

我说："那她自己为啥不说？"

旺秀说："她不好意思说，让我带话给你。"

我说："你甭哄我，她又不喜欢我。"

旺秀说："不，她喜欢你，一直喜欢你。"

我说："那她还是和你结了婚。"

旺秀说："事情发展到这个份上，我就实话告诉你吧，我家里穷，娶媳妇难，我就想办法睡了她……后来，她就嫁给我了。"

我沉默地听着，呼吸急促起来。

旺秀说："你甭生气，事情都过去好多年了。不过，她真的一直喜欢你，在我跟前，动不动就提到你。我一生气，就去找了拉姆草。"

我似乎明白了什么，又似乎什么也没明白。

我听见我对旺秀说："我来不了，也不想来。"

旺秀"哦"了一声，就结束了通话。

我握住手机，恍恍惚惚的，觉得刚才的对话，从来就没有发生过。

忽然想起一首桑多诗人写的诗：

鸟儿在森林里飞累了，迟早会化为鱼
从山谷里出来，游在桑多河里
孩子在屋里待久了，迟早会穿上丽服
呼朋引伴，聚到桑多河畔

当我从高山之巅回到小镇
看到你依偎在别人的怀里
喝酒，亲嘴，把对方搂得紧紧的
亲爱的，当你被狡猾的狐狸引向别处
那时肯定是我们永不相逢的日子

## 十

我为我当时的答复后悔不已。

与旺秀通话三个月后，也就是快到年关之际，达珍去世了。

还是旺秀打来的电话。他说："你回来，帮我葬了她吧！"

我说："疯病又要不了人的命，你老实告诉我，达珍是怎样殁了的？"

旺秀说："前几天，她又犯病了，跑到山上，从悬崖上跌下来，就……"

搁下电话，脸颊处一片温热，才知道自己早就流了泪。

入殓的时候，旺秀给我说："达珍活着的时候，把你当她男人看。现在她死了，你想再看看她吗？"

我茫然地点点头。

达珍仰面躺在棺材里，身上盖着薄薄的被子。一层若隐若现的灰黑色浮在她的脸上，未得病前的光鲜靓丽已荡然无存，但脸色却是安静的，仿佛只是沉溺在美好的长梦里。

埋葬达珍时，八个壮汉抬着棺木，朝挖好的墓穴一步一步地走去。

天色阴沉，那柏木棺材看起来也比以前抬过的要重得多。

当一堆湿土形成了山丘的样子，那桑烟也升入了天幕。达珍的灵魂，也离开了她的肉体。

从墓地回来，我洗净了手，开始吃羊肉泡馍，但我知道：她已经吃不了了。

我和乡亲们抽烟喝酒，但她已经不是陪着我们高声喧哗中的一个了。

回家后熄了灯，听着家人睡熟，但她已经和家人永远分开了。

她留在世上的，还有什么呢？衣服？被烧了。摩托？卖掉了。美丽和青春？消散了。

在这人世上，除了那些化为腐土的她的尸骨，别的什么也不会留下？

有个声音，在我脑子里回旋，这声音说："是的，什么都不会留下！"

我突然对桑多人几百年来的生活习俗，产生了深深的厌倦。伴随这厌倦出现的，还有一种怀疑：他们就这么一成不变地活着，有啥意思呢？

我睡不着觉了，穿衣下炕，在暗淡的夜色下，来到桑多河边。

桑多河的流水早就收敛了激越的态势，在幽暗的冰层下慢腾腾地流淌。死了多年的枯树，也伸出干裂肃杀的枝丫，力图缓解西风劲吹时的速度。

在灰天、雪野和房屋拼凑出的寂静世界里，我能感受到的时间，仿佛失去了存在的意义。

衰败伴随着时间的消失，静静地到来了。

# 画出蝴蝶的人

## 一

听说，他是私生子，不知道父亲是谁。

此事是真是假，在藏地，谁还愿意多问呢。

不过，他知道母亲是谁：一个曾经灿若菊花，后来变得面黄肌瘦的妇女。

她在一个风雨交加的晚上生了他，又在风风雨雨中把他养大。

十二岁那年，她托付他的舅舅送他进了海螺寺院，去当阿古。

五年后，她忽然得了一种怪病，脸色黑黄，越来越瘦，后来就死了。

因为是病亡之躯，那肉身就不能一块一块地被老鹰叼走，于是只好被燃烧着的松木慢慢吃尽，成为一罐白色的灰烬，撒在了她生前爱过又恨过的地方。

她的离开，让他感觉到了痛苦的滋味：心总是揪在一起的、想离开这个人世的冲动。

在寺院几年的学习和修行，他已经对生死有了自己的认识：不过是皮囊归于尘土，灵魂高蹈而飞罢了。

但他还是无法排释掉那种被遗留于尘世的孤独而可怜的感受。

这感受随着时间的推移，越来越明显，越来越强大，如团团浓雾将他困住，以至于就要被窒息了。

于是他去求见师父，央告道："让我回家去吧！"

师父就是阿拉（活佛），五十多岁了，体形瘦高，像根插箭，脸容也是清癯的。

这位方圆百里有名的大德，说话前总爱带个叹词：哎！

师父说："哎，进了这道门，就不好出去了。"

他说："不回去，我就无法完善自己了。"

师父沉吟半晌："哎，孽未尽，缘未到，那你就去吧。"

他应诺一声，正要躬身退出，师父又叮嘱他："如果觉得人世间太累了，就回来吧！"

他噙着泪离开寺院，还了俗，回到了他的老家——一个名叫桑多的镇子。

他往红尘里带来了自己，也带来了在寺院里培养起来的爱好：他画画，画些草原上的花草；他也写诗，写些格言体的诗：

那些心力孱弱的人，
刚刚圆满就会减损，
小小池塘若断了水，
不过两天就会干枯。

后来，某年春天，他结了婚。但他不爱他的只会挤奶的女人。

挤奶的女人是来自牧场上的姑娘，脸腮上洇着高原红，矮矮的，肉肉的。

这女人除了喜欢挤奶，就喜欢和他睡觉。

睡了一回又一回，回回都咬着牙，翻着白眼。

他呢，因为做过几年阿古，对女色是有所戒的。

但还了俗，又结了婚，感受到了和女人睡觉的好处，刚开始又小心又生猛。

后来，觉得这女色也不过如此，又劳心又劳力的，跟畜生差不多，就不愿多睡了。

女人不答应，要和他继续睡。

他对女人说："你怎么这样子？像个饿死鬼！"

女人不回答，嘻嘻地傻笑着，又把热热的身子贴过来。

他掀开被子，躲开了。

在阳光明媚的上午，作为诗人，他还是喜欢登上东山眺望他生活的地方。

幽蓝安静的桑多河畔，是古旧房屋被维修后的生机勃勃的桑多镇。

村后，巍峨的桑多山拔地而起，山的两臂，一直延伸到更远的群山边去了。

村前，一大片开阔草地上，浮着薄薄的绿，墨色的灌木丛中，也闪出了嫩绿的亮色。

他有点莫名的感动，从高山上下来，面对他矮胖的女人时，又失去了说话的勇气。

他的女人说："你成天都这样神经兮兮的，你还是走吧，再别回来！"

女人话里的意思，是说自家男人脑子不正常，有点怪。当然这仅仅是骂人的话。

他一听，更生气了："你叫我到哪里去？兰州还是上海？"

或许女人觉得和写诗的男人争辩，是徒劳的事，就转身去桑多河边背水去了。

他不想回家，又登到桑多山的山腰。

晨阳正好，山川里金箔堆积，海浪般涌动不息。

一缕佛乐隐约可闻，天地之间充满难以言说的静谧。

他突然顿悟过来：那始终隐忍的村落，才是神灵眷顾的对象。那始终安静的男与女，兽与禽，才是佛祖护佑的生灵。

他这样想着，泪就流了下来。

桑多河畔，几个女人弯腰舀水，粼粼波光反射在她们身上，使她们像极了传说中的仙女。

一个矮胖的身影直立起来，朝他的这面山坡上看，像极了他的女人，但有着令他陌生的奇异的地方。

他给自己说："应该不是她。她哪有这么好看呢？！"

他觉得自己像个智者，又觉得自己啥都不是。

"你就是个可怜人！"他对自己做了个嘲笑的表情。

## 二

他想得到更多的来自佛祖的启蒙，以便在俗世中能得到顿悟，写出更多优美的诗句。

可是，当他面对自己的女人时，竟然挤不出一句有味道的诗句来。

女人除了喜欢和他睡觉外，更喜欢的还有一件事：吃。

她吃牛羊肉，煮了吃，烤了吃，炸了吃，甚至生吃。

她吃野物，野蘑菇、野葱花、野大黄、野樱桃，都吃。

他说："你真的是饿死鬼转世的！"

女人一边吃，一边嘻嘻地笑。

女人越吃越胖，又一个春天来临的时候，她真的发福了，腰围粗大，脸蛋滚圆，眼睛又黑又亮。

他说："看看，吃胖了吧！"

女人傻笑起来，忽然停了笑声："不是吃胖了，可能是有了！"

他问："有啥了？"

女人说："有了你的娃娃了！"

他高兴起来，抱住了女人："那生下来，这样我们就不孤单了！"

晚上的时候，女人又嬉笑着靠过来。

他推开她："都这时候了，你还想着这事！"

女人说："就一次。伤不了的！"

他说："算了吧，你不担心，我担心着呢！"

女人郁郁寡欢地睡了。

半夜里，迷迷糊糊中，他听到有人推门出去的声音。

早上的时候，他醒过来，女人不在身边。

正纳闷着，女人回来了。

他问："到哪去了？"

女人说："放羊去了。"

他不想说话，缩回被窝继续睡。

女人呆坐了一会儿，又出去了。

他懒得理会她，也不想其他事，继续昏睡。

中午的时候，女人回来了，做好了饭，喊他起床。

于是就起来，吃过饭，出门往山坡上走。

女人追出来，喊他。

他恼怒地问："有啥事吗？"

女人说："人家男人都想出去打工，你不去吗？"

他说："我哪年打过工？"

女人说："你不想去也成。要不我去吧？"

他说："胡说啥？你先把我的娃娃生下来再说！"

然而过了夏天，川里的麦子快到成熟的季节，女人还是没把他的娃娃给生下来。

不生也没啥，迟早会生的。

可他发现，女人的肚子明显地瘪了，也不再猛吃猛喝了。

他很纳闷："我的娃娃，是不是没了？"

女人张着嘴发呆，像个白痴。

他生气了："我的娃娃到底到哪去了？"

女人哭起来："变成一块血，掉了！"

"掉到哪了？"

"掉到茅坑里了。"

"你没捡回来？"

"捡啥呢，都没活气了！"

他气坏了，揪住女人的头发："说！为啥掉了？"

女人害怕了："你不和我睡，我就找别人睡。只睡了一次，第二天娃娃就掉了！"

他给了女人一巴掌："说！他是谁？"

女人捂住了脸，从指头缝里看他："他打工去了！"

"到底是谁？"

"我不想说。"

他忽然觉得脸上冰凉一片，用手一擦，知道是眼泪，这才明白自己已被气哭了。

心里陡然生出一丝凉气。

忽然想起自己在寺院里的平静的生活，顿时觉得那时的日子要比今天的好得多。

他看着女人。

女人在小声哭泣，边哭边从指缝里观察他的动静。

他早就熟悉她的这一套，感受到自己活人的失败，于是长长地叹了一口气。

女人停止了哭泣，房间里一时格外安静。

在这种安静里，他像突然下了决心，对女人说：

“你还是自己过日子吧！”

说着，抬腿下了炕，走出院子，走出了桑多镇。

## 三

他离家出走了。

走过开满野花的草地，蹚过三条清澈的草原河，从黎明走到黄昏。

当晚，他终于来到海螺山下，叩响了海螺寺院厚重的红铜装饰的大门。

他请求师父：“我没处可去了！”

师父轻笑道：“哎，看看，你还是回来了。”

他请求说：“还是让我在这里修行吧！”

师父说：“哎，看不透人世间的烦恼，你就无法修行。”

他说：“我还是试试吧！”

于是他又开始了修行的日子。

然而修行不是那么简单的事。

他翻开经书，目光在经卷上，心却在自己女人那里。他诵读经书，念出的话，与他想的，根本扯不到一起。

曾经的师弟们围住他，要他说说村里的事，他想说他和女人的事，但又想到这是佛门净地，谈那些荤事，是有罪的，就自觉地闭了嘴。

师弟们失望地散了，各自去做自己的功课。

他觉得就这样在寺院里待着，实在无聊得很，就想找别的事干。

师父问："哎，你不想念经了？"

他如实回答："静不下心来。"

师父问："哎，那你念咒吧！"

他大吃一惊："念那干啥？"

师父说："哎，谁背叛了你，辜负了你，你可以咒他啊！"

他连连摇手："不行，不行，有罪呢！"

师父说："哎，你能知道这是有罪的，说明你还有点悟性。那你就赎罪吧！"

他说："该怎么赎罪呢？"

师父沉默半晌，和颜悦色地说："哎，我记得你会画画，对吧？"

他说："会画些，就会画一些。"

师父笑了："哎，那没啥啊！会画佛像或佛教故事中的人物吗？"

他挠挠头说："不会。我只会画莲花啊海螺啊啥的。"

师父点点头："哎，那好啊，你就画这些吧，它们也是世间高贵的东西。"

## 四

正好寺院对面三里的地方，有一座巨大的白色石山，山势陡峭。层层白石的缝隙里，长满灌木和松柏。

那些白石沿山体斜削下来，石面分外光滑，若在其上画出神圣而高贵的形象，就再好不过了。

于是，他托人从外地买来了画笔和颜料，穿着半旧不新的皮袄，起早贪黑，攀岩选石，开始了对色彩世界的探索。

先画与佛教有关的神圣的事物：莲花、海螺、吉祥网、鱼、伞、幢。

可这些圣物他见得少，只能按着摹本画，画着画着，就觉得没意思了。

他开始偷偷地画藏地的花草树木，既写实，也变形。

后来画雪域的虫鱼鸟兽，着意凸显生动的肢体和绚丽的色彩。

师弟们来看了，一个劲地赞美，都说好！

师父也来了，沉默地看，看完后，却不夸他，笑吟吟地走了。

他感受到了来自师父和师弟们的鼓励，更来劲了！

一天，寺院里飞来一只硕大的彩蝶，在院里的檀树上栖息了片刻，他恰好碰见了，心里很是激动。

待他想仔细观察时，那只彩蝶又飞走了。

这彩蝶的出现，使他的忧郁和烦恼，一下子就少了许多。

他觉得自己已经顿悟了：这人生还是十分美丽的。

他又激动又欢喜，决定画出一只世上最美的蝴蝶来！

某天黄昏，他终于在一面石壁上画出了理想的巨型蝴蝶，有着大红的羽翅，金黄的翅纹，黑亮的眼睛，柔韧的触角。

他看着自己的作品，忽然想起了自己的女人，禁不住轻微地叹息了一声。

他满意地睡着了。

不料，半夜里，在他半梦半醒之际，竟来了个蝴蝶一样美丽的女人。

她一句话也不说，身体一抖，就抖掉了披风一样的单薄又多彩的外套，倏忽间就钻进他的怀抱。

他爱她迷蒙的眼神，她丰厚而性感的嘴唇，更爱她修长的手臂搂着他时那无望的缠绵。

黑夜是多么短暂。

黎明时分，不知是哪里冒出的红冠锦衣的司晨星宿，扯长了脖颈高声啼叫，睡眼蒙眬的他给惊醒了。

他明白自己做了一个春梦。

他忽然觉得空虚。

这空虚越来越大，越来越多。

后来，空虚消失了，绝望降临了。

这绝望使他浑身燥热，两眼猩红。

他感觉到了莫可名状的爱恋和痛苦，这种复杂的情感使他无法理智下来，以至于生发了一阵又一阵璀璨的眩晕。

他冲出寺院，在露水打湿的草地上狂跑，在牧羊人的歌声里长号。

他疯狂的行径，被师弟们发现了。

他们追出来围截他，他左冲右突，最后还是被他们死死地摁在潮湿冰冷的草地上。

他挣扎，反抗，怒骂，抽噎。

师弟们吵吵嚷嚷，不知该怎么办才好。

吵闹声忽然停止了，那些手也离开了他的身体。

他感知到了异样，抬起头，一尊高大的身影就在眼前。

那人说："哎，放开他吧！"是师父的声音。

他瞬间就安静了，像狗一样爬起来。

师父抚摸着他的头，对徒弟们说："哎，他迷路了！"

又摩挲着他的脸，盯住他，以一种温柔又坚定的声调说："哎，你会醒过来的！”

他看着师父的被晨光沐照着的清癯的脸，张着嘴说不出话，泪水却夺眶而出。

师父说：“哎，你还是跟她走吧。”

他终于说出话来：“谁？”

师父的眼神投向他的身后：“哎，她是连夜赶来的。她到了，你就清醒了。你和她还是有缘分的。”

他扭回头看，离他不远的地方，站着个瘦弱的女人。

他擦了擦眼睛，仔细辨认，认出是他的女人，那个曾经又矮又胖的来自牧场上的女人。

天哪，仅仅一段时间，他就差点认不出她来了。

师父说：“哎，你注定是红尘中的人，那些前世的孽还没消尽，你还是跟她走吧！”

他只好走向自己的女人：“你干啥来了？”

女人说：“两个月了，才寻着你。”

他看着自己的女人，没有恨，也没有爱。

他不知道该怎么处理面前的困境，就回头征询师父的意见。

师父说：“哎，只有经历了，才会看穿它。”

师父说话时不看他，也不看其他的徒弟，只看着远方连绵起伏的群山。

他觉得被什么给触动了，对女人说：“好吧，我们回吧。”

女人看着他，眼里满了泪。

或许因为如堕地狱的内心煎熬，她脱尽了脂肪，消散了风韵。

## 五

显然，他知道自己再也无处可去了，只能循着原路，回到桑多镇。

一路上，他也不等他的媳妇，只埋头往前走。

不久，就把她远远地落在后头了。

终于，走到桑多镇了。

镇外的一堵矮墙下，有六个人在晒太阳。

他们中的第二个人，在讲格萨尔王的妃子的故事。

第三个，微闭着眼睛，右手拇指快速地拨动念珠。

第四个，身体前倾，是称职的倾听者。

靠在石墙上昏昏欲睡的，是第五个。

离石墙十来步远的地方，弯腰拾掇牛粪的，是第六个。

他成为第七个，加入进去，也蹲在矮墙下，耷拉着头颅。

上午他还在寺院里，下午，他就回到了他们中间。

他是他们中的唯一的青年，却是最沉默的一个。

“哎，这个年轻人，快死了吗？”第一个问第二个。

“他的心死了，写不了诗了！”第四个回答说。

第五个忽然醒过来：“谁死了？你们说谁死了？”

“格萨尔王的妃子死了。”

第六个回来了，坐在他的身边，对他说：“别这样垂头耷脑的，赶紧搂着你的女人睡去吧。你女人不在的话，搂着我睡也行！”

说罢，她自己先大笑起来，笑声也是嘶哑的。

他看了她一眼，还是不想说话。

他忽然想起自己在寺院对面的白色石山上画出的巨型蝴蝶，而今已像昨夜的梦境，已经飞离了自己，越来越远了。想着想着，禁不住流下泪来。

被称为第一个的，是个十一二岁男孩，看到了他在流泪，侧身轻声说：我是小孩，我都不哭。

他惊讶地看那小孩。小孩偏不看他，只看天空。

他注意到男孩幽深的眼睛里荡漾着蓝天，也飘浮着白云。

# 我俩前世有姻缘

## 一

杨朗秀和尕荳草，都是我在桑多镇的洛村生活时的初中同学。

桑多镇下辖桑多村、洛村、秋古村、达扎村、隆多儿村等五个行政村，近三十个自然村，九百多户人家。居民大多数为藏族，少数为汉族，也有一部分做生意的回族。

因为镇政府所在地在桑多村，所以人们都把桑多村叫桑多镇。

洛村在桑多镇的南面，相距七八里路。

尕荳草十六岁那年，因皮肤偏黑，长得秀美，得了个黑牡丹的绰号。

她家在洛村北头，挑水要去南边。

当她担着木桶穿过小村去桑多河边，总会遇到嬉皮笑脸的男孩，过来给她打招呼。

她皱起眉，露出很不情愿的样子，像极了《边城》里小兽一样的翠翠。

她之所以皱眉，不是她还不懂得情爱，那朦胧的感觉还是挺让她心慌的，只是不愿让别人见到她被男孩们追求的情景。

然而，越是这样，那些男孩越是喜欢她，总要想方设法见到她。

这时她在洛村九年制学校里上初三，本来书念得好好的，父母却突然不让她念了。

原来洛村人在孩子读书方面，是有选择的：男孩，一定要读成干部，才是最好的出路；女孩，一旦嫁出去，就是别人家的人，识些字，醒个世，就足够了。

但读书总是给女孩带来影响，她们觉得自己的人生，不该由家里人安排，自己走自己的路，最好。

她们的这种想法，让做父母的知道了，顿时愁眉苦脸："不念书还好，一念书，还管不住了！"

于是洛村人来了个约定俗成：女孩一到十五岁，就要找婆家。

等嫁过去，就十六七了，可以生育、持家、相夫教子了。

所以当出落得有模有样的尕荳草要找婆家的消息刚刚传开，男孩们就担心地想：身边的尕苹果，快被别人摘走了！

男孩们的担忧，显然是多余的。

因为过了半年多，仍旧没有出现媒人踏破尕荳草家门槛的热闹景象。

这究竟是为什么呢？

大人们说：问题出在尕荳草的母亲的身上！

尕荳草的母亲是洛村一带有名的"洮州花儿"把式。

什么叫花儿把式？就是会唱能唱花儿的人。

桑多镇所在的地区，在宋时称为洮州，明清以降，这称谓就生了根。

"洮州花儿"就是当地的一种民歌，据说源自藏族的"勒"（民歌）和"拉伊"（情歌），桑多镇的藏人汉人，大多爱唱。

这种在西北民谣中占有重要地位的乡土气息浓郁的花儿，或许因为内容上多涉及男欢女爱，登不了大雅之堂，只能在庙会、歌会等民间活动上出现。

花儿把式们男女成群，各自占了地盘。

这边一堆男的，主唱用手托腮，先拉一个长音：哎——，接着以物比兴，三句一段，句句含情，肆意挑逗。

那边一堆女人，用阳伞半遮了脸面，主唱颤着亮亮的歌喉，谋句定调，见招拆招。

每唱完一段，众人齐声帮腔："花儿哟，两叶儿——"，顿时打成一片，热闹之极。

尕荳草的母亲爱唱花儿，一不小心竟上了瘾，做姑娘家时就爱出头，成半老婆子了，还是喜欢露脸。

这时时处处出头露脸的结果，就是坏了自家的名声："那个女人，腥臊得很呢！"

这"腥臊"一词，说得太毒：风骚到怎样的程度了？带着腥味呢！

话里头，其实也暗示了花儿把式的美丽、活泼、大胆和热烈，听其唱歌，会产生又爱又恨又羡又妒的感觉。

被人又爱又恨又羡又妒的母亲，自然会影响到女儿的声誉，甚至会影响到家庭的声望。

好在尕荳草家也没有啥声望，因为她的父亲，也算个花儿把式，当年就是在一个庙会上把会唱花儿的女人哄到手的。

从这样的家庭里出来的尕荳草，骨子里，也挺喜欢唱歌的。

从小学到初中，她总是代表自己的班级，在各类音乐活动上，像她的母亲那样露面，争回一张又一张奖状，都张贴在教室后头的墙壁上。

“洮州花儿”，尕荳草其实是会唱的，听得多了，那曲调她已经烂熟于心了。

身边没人的时候，她会偷偷哼几句，哼着哼着就羞红了脸，后边发出的，都是含含糊糊的音了，仿佛嘴里被塞了核桃。

## 二

有一天，还是有个媒人领着一个高个、瘦削的男孩，上了尕荳草家。

这个矮小敦实的男媒，是替某村的杨姓后生来说亲的。

杨姓后生，尕荳草知道，是她的校友，比她高两级，高二那年辍学了，跟着父亲开班车。

尕荳草的父亲一听后生是杨家的，只考虑了几秒，就点头答应了。

这户杨家，是洮州地界上有名的杨土司的一个远房亲戚。

如今虽是新时代，不兴提那往事，但杨家因为过去的辉煌，还是有地位和名望的。谁家和杨家联姻，即使是和远房亲戚，那也是天上掉腊肉的好事。

尕荳草的母亲也是喜形于色，她看着杨姓男孩，眼睛里渗着蜜意。

那男孩显然见过世面，一点也不慌乱，话很少，问啥答啥，不问，就低头喝茶，本本分分的样子。

然而尕荳草不喜欢这个男孩。

不是她看不上他，而是她喜欢另一个人。

她渴望那个人到她家来相亲，甚至都想象出了那个画面：他跟着媒人来了，大胆地看着她；她羞涩地低着头，忍不住时会偷偷地看他几眼。

所以当母亲试图喊她去给媒人和杨姓男孩倒茶添水时，她死活不答应，躲到邻居家去了。

尕荳草喜欢的男孩就是杨朗秀，以前是我小学时的玩伴儿，后来又成了初中同学。

杨朗秀不是洛村的，他住在下洛村。下洛村在洛村的下头，大概七八户人家。

下洛村的祖先，据说是洛村祖先的亲戚，有点血缘关系的那种。

杨朗秀家，在下洛村，算是家境殷实的。所以他在我们面前，常常拿出很有自信的样子，年龄又稍长一两岁，不知不觉就成我们的头儿了。

他和尕荳草的感情，就是唱“洮州花儿”唱出来的。

因为同在洛村学校读书，上学放学途中，时常在一起。

不过，由于被礼仪约束着，不在一起走，要分个前后：女孩们在前面走，男孩们缩在后面，相距百十来步，仿佛就是做给大人看的。

远离洛村后，就遥遥打招呼，要么喊，要么唱，都觉得有意思极了。

男孩们这边，杨朗秀爱唱花儿，也敢唱花儿。

他用左手托住左腮，就像牙疼时那样，嗨出一声长调：哎——，意思是他要唱了：

> 清水盛在缸里呢，
> 你在城里乡里呢？
> 乡里哪个庄里呢？

刚开始，只杨朗秀一人唱，女孩们那边，往往是一阵混乱，没人搭腔，男孩女孩之间的距离，却越来越远了。

后来，有个女孩终于搭腔了：

哎——
皮条要扎连枷呢，
你是那个谁家的？
给我要说实话呢！

这女孩的声调刚开始较柔弱，声息低处，几不可闻。

再后来，当杨朗秀开口唱：

哎——
红心柳，四张杈，
你的名字叫个啥？
不说名字姓留下。

这女孩才亮出金嗓子：

哎——
红心柳，一张杈，
你和我是头一茬，
见面问名羞答答。

搭腔的就是尕荳草，看样子，她母亲不仅给她遗传了脾性上的活泼大胆，也把唱花儿的天赋给了她。

这种花儿对唱，洛村人称之为“咄尕勒儿”。

“咄”就是唱，有露一手的意思；“勒”即藏族民歌；“尕勒儿”则是对这种民歌的美称。

在上初中的那两三年里，“咄尕勒儿”就成了我们上学途中必不可少的功课。

花儿的主角，自然是杨朗秀和尕荳草：

杨朗秀：哎——，园子角里种菜呢，人和人要相遇呢，相遇才有好事呢。

尕荳草：哎——，斧头要剁枇杷呢，想那破事干啥呢，人知道了闲话呢！

杨朗秀：哎——，砂石河滩一棵柳，你像鹦哥才开口，你我怎么能牵手？

尕荳草：哎——，红心柳，两张杈，那是你哄我的话，实心你给我没拿。

就在这花儿对唱的过程中，他俩之间的关系，发生了微妙的变化。

我们其他的男孩女孩，也以朦胧之爱的见证者的身份，过早地踏进了那条名叫乡村爱情的河流。

三

显然，杨朗秀和尕荳草，彼此都是有好感的，这能从他俩唱的花儿里听出来。

辍学后的尕荳草，见不到她喜欢的人了。

这时父母又答应了杨家的求婚，她不好意思去找杨朗秀商量，只好寄希望于能否在路上碰到他。

恰逢我们初中毕业，去了桑多镇读高中，且住在学校里，一个月才能回洛村一趟。

尕荳草在等待中数着日子，终于等来了杨朗秀。

两人羞于私下会面，杨朗秀就拉了我去作陪。

我们在桑多河边坐下来，一边看那匆匆的流水，一边东一句西一句地闲扯。

观众少，自然搭不起唱花儿的人摊子，他俩也就不再对唱。

不过，对于好长时间不曾见面的有情人，见面后该怎么诉说彼此想念的情意，“洮州花儿”中有类似的唱词：

男：哎——，拔白菜，擀菜汤，寻了三天两后晌，今个才把你遇上。

女：哎——，你到我的跟前站，有你我就心上宽，没你我的心上单。

男：哎——，想你想得满院窜，一身一身出大汗，不由人地只呻唤。

女：哎——，剁白杨么扎桦材，你想我时谁见来？打雷来么闪电来？

闲扯之间，尕荳草半开玩笑地提到了有人来相亲的事，杨朗秀坐不住了，起身踢脚下的草棵。

但他又拿不出任何主意，只是陪着尕荳草发呆。

我不能再当灯泡，起身去了河的上游。

等我回来时，远远看见杨朗秀牵着尕荳草的手。

我到了他俩身边，两人又坐开了。

尕荳草脸色发红，眼睛也发红，像刚刚哭过的样子。

杨朗秀抿着嘴，不说话。我知道，他俩已经把事情说清了。

然而，只过了两个月，那杨家人又托媒人，拿了四色礼来。

哪四色？一块腊肉，一包冰糖，一袋茶叶，一瓶酒。

这四色礼，叫“落话礼”。

女方家接了这礼，就表示同意了女儿的婚事。

尕荳草的父亲欢喜地接受了，为了招待媒人，他还请来了村里两个颇有威望的人作陪。

这个举动，吓坏了尕荳草，她偷偷跑到洛村，走了老远的路，找到杨朗秀，商量该怎么办？

我给杨朗秀建议说：要不你也找个媒人，去她家提亲。

他说：那我不念书了吗？阿爸要知道这事，肯定整死我呢！

尕荳草看了杨朗秀半天，眼圈一红，扭头出了宿舍。

杨朗秀赶紧追了出去，过了好长时间，晚自习快结束的时候，回来了。

我问：尕荳草呢？

他说：我打发走了。

我问：事情解决了吗？

他说：我向她许诺，工作后一定娶她当媳妇。

我说：那是七八年以后的事了，这么长的时间，她能等得住？

他说：她说她会等的。

我问：这么迟了，她到哪去了？

他说：到亲戚家去了。

其实那天晚上尕荳草根本没在镇上逗留，她一个人，循着夜路，如孤零零的游魂一般从桑多镇回到了洛村。

与杨朗秀的见面，和她想的一模一样。她不愿嫁给自己不爱也不熟悉的人，隐约觉得她和杨朗秀之间，不会有啥更好的结果，只好守着承诺，安静地等待。

这期间，他俩有着两三次的约会，再也不找我作陪。

当尕荳草第四次来到镇上看望杨朗秀时，两人在校外登记了房间，同居了。

对于男女热恋期间的情事，“洮州花儿”里是这样唱的：

男：哎——，豹花骡子驮炭呢，叫你把心甭变呢，二次来了还见呢！

女：哎——，你我离得远么近，近了写上一封信，远了得个相思病。

男：哎——，象牙筷子夹粉呢，害怕你把我哄呢，不然我把你等呢！

女：哎——，象牙筷子夹粉呢，十年八年我等呢，茶饭也要凉冷呢！

## 四

尕荳草回去半月后，就有消息抵达了洛村：尕荳草让杨朗秀给睡了。

这消息也传到了杨家，一个月后，矮胖的媒人带来了后生的口话：我家不娶没教养的女人，这姻缘，断啦！

尕荳草父母在羞愧和恼怒中，给杨家退了落话礼。

媒人走后，当父亲的第一次扇了女儿几耳光。

女儿还未来得及哭，当父亲的已经蹲在地上干号。

尕荳草明白，父亲的哭，是因为家族的声誉被自己给污了。

她只好默默地擦干眼泪，缩进厨房，坐在灶前发呆。

忽听得父亲在揍母亲，忙跑出去看，母亲已倒在地上，浑身的灰尘。

父亲骂道：我家的家风，从你手里就败了，到尕荳草这一代，败得不成样子了！

母亲不还嘴，爬起来，去了上房，上炕，拉开被子，睡了。

父亲在院子里待了片刻，出去了。

等尕荳草做好了晚饭，父亲依旧没回来，母亲也没有起床的迹象，她自己又不想吃，一锅饭，就慢慢地凉了。

月亮照到院子里的时候，父亲回来了，带着点醉意，但看起来已经没有了愤怒。

尕荳草赶紧生好炉子，烧了水。母亲也从炕上爬起来，陪父亲坐着。

喝了几杯茶后，父亲说：事情已经这样，该想办法解决问题了。

见母女俩都不搭腔，又说：他杨朗秀坏了尕荳草的名声，就得负责任，明天我就去找他父母，说说这事，看该怎么办。

见母女俩还不表态，就说：那就这样了，睡吧！

第二天，吃罢午饭，尕荳草的父亲就去了杨朗秀家。

晚饭过后，回来了，说是谈妥了。

两家有血缘关系，按说是不能谈婚论嫁的。但因为早就隔了好多代，这婚事也就有得商量。

商量的结果，就是旺秀家必须要娶尕荳草，先结婚，不过，杨朗秀的书，还得念。

为了不让学校知道，结婚的事，要保密。结婚证，也不能领。

等杨朗秀考上大学，有了工作，再补领结婚证。

尕荳草觉得这样处理，倒是很好的法子。

翌日清早，打扮好，去了桑多镇上，找到了杨朗秀。

这时杨朗秀还没得到家里的态度，一听是这结果，也格外欢喜，俩人又去登了旅舍，明打明地住在一起，只瞒着学校和同学。

“洮州花儿”里这样传唱小情人之间的深情蜜意：

男：哎——，镰刀割了灵芝草，把你从小缠到老，谁坏良心死得早！

女：哎——，我俩今世有姻缘，死时若把你不见，鬼门关上等三年！

男：哎——，悬崖边上灵芝草，要说死时那还早，我要把你陪到老！

女：哎——，高高山上杜鹃花，千斤万担我挑下，白头到老也是话！

这简直就是相互之间发的毒誓。

越是毒，这情越真。

俩人你恩我爱，缠绵不休。

高二寒假期间，两家办了一桌席，省掉了桑多一带男婚女嫁时装箱和打发的习俗，悄悄把婚事给办了。

为了避人耳目，尕荳草仍然住在自己家里，杨朗秀则刻苦攻读，立志要考上大学，活出个人样。

尕荳草隔三岔五地去镇上，给杨朗秀带去干粮和情感上的慰藉。

短暂的相聚，长久的分离，这相思的滋味，应该是很难熬的。

这个阶段中的不舍和痛苦，唯有花儿才能表达：

男：哎——，斧头剁了灯杆了，你来把我缠惯了，这会把你不见了。

女：哎——，园子里的红根花，去时你把魂留下，想了我和魂说话！

男：哎——，晚上想你没睡过，衣裳披上当院坐，天上星星十万九千零四颗！

女：哎——，星星出来把门闩，今个没见你的面，肠子想断心想烂！

## 五

但读书真是个奇怪的事。没有那男欢女爱，或者有点男欢女爱，却没有肉体上的关系，只有暗恋或为对方读书的奋斗劲儿，这书才能念成。

杨朗秀升入高三，学习更加吃紧，又不愿舍弃和尕荳草的肉体之欢，这学习成绩就一日不如一日，期末考试后，发现成绩竟垫底了。

这下家里人就慌了神，赶紧找原因，发现问题就出在婚姻上。

于是约法三章：尕荳草不能随便去找杨朗秀；杨朗秀不能随便请假回家；为了避人耳目，暂时不要孩子。

其实这时候尕荳草已经有了身孕，在约法三章的约束下，高三第二学期临开学的时候，杨朗秀陪着她去了镇医院，硬是把孩子给拿掉了。

尕荳草的母亲听说后，懊悔地抱怨：我都梦见一窝黑蛇了，肯定是儿子，说不定还是双胞胎呢，结果就这样走了，造孽哪！

尕荳草的父亲说：说那干啥呢？大事要紧！

女人还想争辩，一看男人黑煞煞的脸，赶紧闭了嘴。

因为行为被约束，无法见面诉说相思之苦，两人间的猜忌就开始了：

杨朗秀：哎——，铁匠打了铁铲了，你把阿哥不管了，把金子当成铁片了！

尕荳草：哎——，斧头剁了红桦了，你把好的寻下了，给我打起回话了！

杨朗秀：哎——，灯盏放到柜上了，你把我的心伤了，伤到肝花肺上了！

尕荳草：哎——，我像牡丹开败了，嫩枝嫩叶不在了，蜜蜂把花不爱了。

相互猜忌的结果，就是尕荳草背着家人往镇子上跑。

两人还是偷偷地亲热，偷偷地分离。

有一次晚自习后，杨朗秀悄悄地问我：那个事，你做过吗？

我反问：哪个事？

杨朗秀说：就那个事。见我不明白，他圈起左手，右手食指往左手的窟窿里连捣了几下。

我明白过来，脸唰地红了。

杨朗秀笑了：那个事，神奇得很，只要一做，就觉得啥都不重要了，丢了魂哩。

我没有经历过和女人睡觉的事，听了杨朗秀的话，凭空生出对女人的无限向往，忽觉得这想法既荒唐又无耻，忙抵制住心猿意马，一头扑在学习上，想圆了自己的大学梦。

人说种瓜得瓜种豆得豆，果不其然。

被尕豈草弄得丢了魂的杨朗秀，高考成绩一公布，就发现自己已经败下阵来：四十个学生的班级，考上了一半，而他，就在这一半之外。

我起身上大学的那天，他没来送我。

倒是尕豈草来了，她说：他心情不好，嫌丢人，叫我来送送你，还抱怨说，是我坏了他上大学的事。

我说：他没考上，有他的原因，不过，他确实把好多时间，都花在你身上了。

尕豈草的眼圈红了，有点尴尬地说：不过这样也好，我和他可以踏踏实实地在一起过日子了。

后来听说杨朗秀要补习，但终究还是没补习，回到洛村，把尕豈草接回家，正儿八经地过起了婚姻。

三年后，他成了两个孩子的父亲，也替换父亲做了家长，开始操心春耕秋收、夏牧冬藏的事了。

## 六

现在，当我追忆这三十年前的事时，我和杨朗秀他们，都年近半百了。

今年春节期间，我去看望他们。

酒过三巡，都情不自禁地说起当年。

那时的我们，青春年少，对未来充满理想，对情爱充满敬畏，在如生铁般冰冷的乡村里，体验着“洮州花儿”的旋律，经历了那段神秘、激荡、美丽又生涩的读书生活。

我问杨朗秀：你还唱花儿吗？

杨朗秀说：父母过世后，我早就不唱了，倒是她，有时还喜欢哼一段呢。

尕荳草在一旁听了，已经有了太多皱纹的脸上，还是浮现出了羞涩的红晕。

她嗔怪杨朗秀：你就别给人家胡扯了，人家是干部，不爱听这酸不啦唧的东西。

我正要辩白，杨朗秀抢过话头说：干部，才爱听呢。

又问我：对不对？

我点头说：就是，“洮州花儿”，其实挺好听的，都成遗产了，公家准备抢救呢。

尕荳草觉得奇怪：这东西，公家也要抢救？

我说：再不抢救，就叫流行歌给淹没了！

尕荳草说：也是，我家男娃女娃，尽爱唱那些唱不像唱说不像说的歌，就是不爱花儿。

我说：你和旺秀哥，说不定会成为传承人的。

杨朗秀问：传承人是干啥的？

我说：就是公家选中的要把这“洮州花儿”传下去的人。

他俩明白了，都说：公家的这个决定，是对的。

又喝了一会儿酒，杨朗秀突然问我：想听花儿吗？

我问：你要唱？

尕荳草说：他才不唱呢，有光盘，能听呢。

电视屏幕上，远远走来一对俊秀的男女，画面背景，是藏地广袤又碧绿的草原。

哦，我终于在故乡又听到那情真意切荡气回肠的花儿了：

男：哎——，毛蓝手巾包苹果，把你寻了三年没寻着，我的冤枉给谁说？

女：哎——，红心柳的两张杈，你把阴山上的花摘下，叫它重打骨朵重开花。

男：哎——，把你总算寻见了，再把别人不看了，一心跟上你转了。

女：哎——，雷响天下响着呢，你想我也想着呢，眼泪一样淌着呢！

# 阴山上的残雪

## 一

那年七月，从师范大学刚刚毕业的杨桑骥，孤身一人回到了镇上。

杨桑骥是桑多镇近年来唯一一个考上金城大学的。

听说，他的那个金城大学在一个名叫兰州的城市里，离我们镇子很远很远。

正是这种远，增加了那个城市的神秘感，那个学校，在我们心里，就是人间的天堂了。

杨桑骥在他的人间天堂里，学的是藏语专业。

这家伙和他的父亲一样，对藏文化痴迷到了梦里都背《萨迦格言》的程度。

杨桑骥的父亲叫杨慈善，是村里为数不多的读藏文版《格萨尔王传》的人。

他把自己读到的东西，讲给儿子听，直接的一个结果，就是让儿子也爱上了藏文，爱上了那些奇异的书籍，什么《格萨尔王传》啦，《萨迦格言》啦，《格丹格言》啦，《水树格言》啦，在我们看来，都是些深得令人发怵的书。

读了印有美丽藏文的书的杨桑骥，一见我们，就会说藏文化的种种好处。

这天，我们问他，阿哥桑骥，你说的那个文化，真的好得很吗？

他说，两个尕犏牛，先说说你们都叫啥名字？

一听他称呼我们为高大健壮、有角有力的“尕犏牛”，我们顿时就得意起来，依次大声回答：

“杨扎西。”

“杨才让。”

他说，你们的名字，汉族文化的味道太浓了，我给你们背一首诗歌，仔细听着啊！

> 低垂的树上果实累累，温驯的孔雀羽翎丰美。
>
> 只有贤者才具备美德，唯有骏马能行走如飞。

他问，感觉怎么样？

我们摇摇头。

才让说，阿哥桑骥，我听得半懂不懂的。

杨桑骥说，等你们懂了，就跟我一样，成大学生了。

我说，这样看来，你说的这个藏族文化，还真厉害。

杨桑骥说，知道我为什么告诉你们这些吗？

我们摇摇头。

杨桑骥说，文化就是一种力量。

他举起右拳，坚定地挥动了几下。

看看，只一会儿工夫，他就成为我们头顶的第二个太阳了。

其实多年以前，他就是我们羡慕的对象。

说是多年以前，其实就是在他考入县上重点高中的时候。

那应该是七年前吧，那时我七岁，刚刚上小学。杨才让五岁，还是个尕崽娃。

大人们只要提到杨桑骥，嘴里就发出“啧啧啧”的赞叹声，还要伸出大拇指，有力地上下晃动，似乎只有他才是全镇人的骄傲。

但这种羡慕的结果，使我们有了说不出的酸楚，也有了说不清的困惑。

直到杨桑骥突然出事之后，这种酸楚才消失了，这种困惑也在突然间就不存在了。

## 二

杨桑骥的出事，要从一场饭局说起。

镇子上，只要谁家在县城里买回来好东西，一旦被人看见，片刻工夫，会有几个人提着青稞酒上门来祝贺。

说是祝贺，其实就是来混顿饭吃。买了东西的人家也不好拒绝，只好设席招待。

席罢，众人散去，主人屈指一算，就会发现吃饭花了比买东西还多的钱，只好叹息一声：“天哪，驴钱搭上马钱了！”

一天傍晚，我和才让坐在村口一块青色的巨石上玩羊骨游戏。

当我快把所有羊骨赢尽的时候，才让的眼圈都红了。

我对才让说，想哭？又不是把你姐输给我了！

才让看看我，带着哭腔说，阿哥扎西，你就甭笑话我啦！

说着，他勾着头，呜呜呜地哭起来。

我吃了一惊，这点破事也哭？

才让也吃了一惊：我没哭，谁在哭？

“呜，呜呜，呜呜呜”的声音忽地在我们身后响起来。

扭头一看，杨桑骥的父亲杨慈善骑着一辆新摩托，停在我们不远处，两手握住把手，双腿撑在地上，白色的夹克衫晃人眼睛。

他咧着嘴笑着，露出好看的白牙齿，一副外国电影里西部牛仔的模样。

我们停止了羊骨游戏，围了上去。

那是一辆崭新的雅马哈牌摩托，深蓝的车身上照出了我们惊喜的面容，银色的车把上倒映出湛蓝的天空。

车座后的捎货架上，盘着一捆白色的尼龙绳，中指粗细，看起来结结实实的。

我问，这绳子是干啥用的？

杨慈善笑嘻嘻地摸摸我的头说，拴你们这些小牛犊用的。

杨慈善把摩托骑进他的家，在下院小心地支好。

我们也跟了去，抚摸着他的新摩托，像抚摸一匹健壮的母马。

杨慈善刚在上院洗了脸，就有几人进来了。

来的是又矮又壮的杨元旦和三个乡亲，其中两人手里各提着塑料壶装的青稞酒。

杨元旦笑嘻嘻地说，阿哥你好，恭喜恭喜！

杨慈善明知故问，恭喜个啥？

杨元旦说，听说你从桑多镇骑了一匹好马来了，还不要人恭喜？

又扭头问跟随的几个人：你们说对吗？

那几人拿眼看了看停在下院里的新摩托，应和道，是啊是啊，买了新摩托，牌子这么响亮的，能不恭喜吗？

说着就穿过上院，进了堂屋，拐入东边上房，脱鞋上了炕。杨慈善只好跟进去，喊自家婆娘出来倒茶做饭。

## 三

饭菜上来了。

一盘腊排，热气腾腾，那香气直往鼻孔里钻。

一盘洋芋，大而圆，泛着奶色。

一个方盒，盒里装满糌粑，旁边一盘黄澄澄的酥油。

每人面前搁着一个小龙碗，显然是拌糌粑用的。

我们几个小孩，只能挤在窗外，隔着玻璃窗朝里看，吞咽着口水。

但杨元旦他们似乎还不满足，一个劲地朝杨慈善嚷，你的好酒呢?也拿出来嘛!

杨慈善从高低柜里取出两个红色方盒。

他打开了一个，从中拎出一个肚子浑圆脖颈修长的瓶子，像白开水一样的酒液就在里头晃动着，好看极了。

他扭开瓶盖，在三个银色酒杯里斟满，一股酒香就弥漫开来。

窗外的我们，也闻到那异样的香味了。

杨慈善的婆娘给我们也端来一盘洋芋。

我们坐在院子里，一人抓了一颗。

因为烫，剥皮时频繁换手，等吃进嘴里，感觉这就是人间最美的食物了。

但我们还记挂着那盘腊排。

于是大家侧耳倾听，听那些大人有没有给我们施舍的意思。

我们都失望了。

大人们只顾吃，只顾喝，早就忘了我们这些尕崽娃了。

我们只好边吃洋芋边听他们聊天。

他们先是夸杨慈善，说杨慈善有脏腑，竟然也办起了砂场，确实挣了不少钱，瞧瞧，连摩托都买回来了。

后来就开始夸杨桑骥，说龙生龙，凤生凤，老鼠儿子爱打洞，这不，这小子大学也毕业了，快吃上公家饭了。

杨桑骥不在家，听说去邻村亲戚家了。

在孩子不在时谈孩子的事，似乎是大人们的正事。

这不，他们又说起杨桑骥的婚事来。

只听得杨元旦说，桑骥该娶媳妇了！我大儿子结婚五年了，我都有两个孙子了。二儿子去年结婚后，儿媳的肚子也大了，眼看就要生了。

杨慈善说，你的两个儿子都没念书，结婚，当然要早。我这儿子，就爱念书，这不就把婚事给耽误了。

一人问，那你家桑骥有没有看上谁家的丫头？

杨慈善说，还没，这年头娶个媳妇太吃力了，动辄就要十几万呢！

杨元旦说，娶媳妇还要掏钱啊？我二儿子的媳妇，一分钱也没花。

杨慈善说，这个我们早听说了，你儿子厉害啊！

杨元旦说，你儿子是大学生，应该更厉害。

杨慈善说，我儿子比较腼腆，还相信什么爱情呢，说要找个他喜欢的。

杨元旦说，爱情？那可是把聪明人变成傻子的东西！

大人们哄笑起来。

才让低声问我，阿哥扎西，啥是爱情？

我说，爱情就是你喜欢上了一个小丫头，喜欢得睡也睡不着。

另一小孩说，对，就是睡也睡不着，吃猪排腊肉也不香的那种感觉。

才让说，可我还是觉得猪排腊肉好吃。

我们也笑起来，却不敢大声。

## 四

只听杨元旦又说，在找媳妇这件事上，你的儿子没多大出息。

杨慈善对杨元旦说，哪能跟你家比？你是龙，你儿子也是龙。想当年，你的婆娘还不是你连哄带骗引来的！

大人们又哄笑起来，似乎已经喝多了。

杨元旦说，我看你家桑骥，念书把他的脑子给念坏了！

杨慈善说，你就别说我儿子了。说说你吧，也开着那么大的砂场，连娶儿媳妇的钱也舍不得花，要引人家尕丫头，也太小气了吧！

我们听说近几年来，从镇里出去打工的男青年们，会在外地谈对象，打工结束后，就会引对象来老家，给自己当媳妇，桑多镇人管这类人叫有本事的人。

我们还听说，这样做，能省掉好大一笔彩礼钱呢！

突然听到杯子摔在桌子上的声音，接着有人喝骂：你说什么？你再说一句试试！

是杨元旦的声音，显然，他被杨慈善给说恼了。

一人说，我看再别喝了，阿哥元旦明早还要去砂场呢。

一人说，对，少喝点，他要骑摩托去呢，喝多了，摩托肯定骑不成。

另一人说，就是，就是，再说在慈善家里，我们闹成这样子，不好。

杨元旦说，不好个屁，走，不喝了！

只听得一阵混乱，接着，大人们从上房里拥了出来。

恰好这时杨桑骥回来了。

他看到杨元旦从上院往下院走，摇摇晃晃的，忙走过去要扶：叔，您这就要回了？

杨元旦一把拨开杨桑骥的手：谁要你这没出息的娃娃扶？滚！

杨桑骥也恼了：你说啥？

跟在众人身后的杨慈善哼了一声：你家叔喝醉了！

杨桑骥退到一旁。杨元旦他们一个扶着一个，走了。

杨慈善对儿子说，你叔的话，别放在心里，他这人，这两年挣了钱，有点狂。再说，他喝醉了，也不知道自己在说啥！

杨桑骥站在下院，上房里的灯光照着他的脸，那脸色看起来是阴冷的。

天色已经快黑了，院子里，似乎有一种奇怪的寒意，往我们的身体里钻。我们忙对杨桑骥摆摆手，赶紧出了门。

## 五

酒宴散了，人们各自回了家。

我和才让还不想回去。

想想吧，回去能干什么呢？除了睡觉，还是睡觉。睡不着觉，就只好瞪着灯泡一样的眼睛数羊，数来数去，还是数不清楚，只能熬到半夜，最后昏昏沉沉地睡去。

于是决定在村北的公路上去转转，看看月色，听听风声，说些知心话。

村北的公路是几年前返修的沙子路，平，直，宽展。

两旁种着骡子那么高的柏树，四季都是郁郁葱葱的。

白天，这条路上车多，人也多。

晚上，除了像我们这样的游荡的小孩外，见不到几个大人。

大而圆的月亮高悬在村庄的上空，使村庄越发显得安详而温和。

偶尔传来几声犬吠，却是耐不住寂寞的那种声音。

我和才让慢慢地走。

月光下，人的影子都很短，缠在脚下，一刻也不愿分离的样子。

这情景，像极了我和才让的关系。但我们都没说话。

不是不想说，是不愿说。或者说，是担心一说话就会破坏这皎洁月光下的温馨的情景。

大约走了五华里左右的路程，我们都有些累了。

再走，就到另一个村庄的地盘了。

我们停下了，离开公路，拐入一条山路，走了三十来步，找到了一处地坎，歇了下来。

静坐了一会儿，才让忽然指着我们从公路拐入山路的地方，轻声对我说，阿哥扎西，你看那边有个人，鬼鬼祟祟的，不知道在干啥？

我顺着他指的方向望去，果然看见一个黑影，在一棵柏树上摸索着什么。

我看了半天，蓦地记起一个传说，就对才让说，那是不是老人们说的山叫鬼？

才让“啊”了一声，忙用手掩住嘴巴。

但这一声啊，还是惊动了那个黑影。那黑影停止了动作，仿佛瞬间就凝固了。

我和才让更不敢动。

过了好一阵，那黑影又动起来，或许是因为一棵柏树遮住了我们的身影，才使那黑影没发现我们。

那黑影在那棵柏树上折腾够了，又慢慢穿过马路，朝另一边的一棵柏树走去。

黑影的身后，似乎扭动着一条白色的弯弯曲曲的东西，紧紧地跟着。

才让用我几乎听不见的声音说，妈呀，真的是山叫鬼！

山叫鬼是桑多镇一带民间传说里的一种鬼，有着人的样子，有时是男的，有时是女的，但都没有下巴。

这种鬼轻易不侵犯人类，但若人类侵犯它们，它们必然会想法子报复。

现在，估计镇里的某人招惹了它们中的一个，这不，它出来复仇来啦！

我们被眼前看到的黑影吓住了，坐也不敢坐，走也不敢走。

那黑影在另一棵柏树上摸索了好一阵，最后，终于朝着我们的村庄的方向，走了。

黑影离开了，但那个条形的活物变直了，悬在两棵柏树之间，轻轻地扭动着身体。

我和才让都不敢凑近去看。

待黑影的脚步声完全消失后，我们选择了一条路边山径，慌慌张张地返回到村子里。

在村口，我们碰见了杨慈善。

他本来黑黑地蹲在自家门口，一看我们走近，就倏地站起来，吓了我们一跳。

他呵斥我们：这么迟了，你们还在浪，说，你们到底有家没有？

我说，我们睡不着，就想先转会儿，再去睡。

他似乎不愿意听我们解释，转身朝自家大门走去。

我们也不再解释，只想各回各家。

临分别的时候，才让说，看见了山叫鬼，我们会不会倒霉呢？

我说，我不知道。也许会，也许不会。

才让一脸惊慌，走进了自家的巷子。

## 六

第二天，看见山叫鬼的我和才让，啥事都没发生。

倒是被我们仰慕的杨桑骥，出事了。

他死在了我们看到山叫鬼的地方。

才让说，麻烦了，杨桑骥要埋在那叫人害怕的阴山上了！

又说，从此要做不能转世的鬼了！

我倒吸了一口气，抬头远望那座名叫桑多的阴森森的高山。

人死后，桑多镇祖传的习俗，是土葬。已婚且正常死亡的，要埋进自家祖坟里。那些未婚且非正常死亡的，要埋在阴山上的一处人称死人湾的地方。桑多镇人家的祖坟，都在桑多山脚。阴山上，是孤魂野鬼出没的地带。听说那里总是闹鬼，即使是白天，胆小的人，也不敢去。桑多镇的孩子们总爱唱这样一首“洮州花儿”：

杆一根么两根杆，
阴山上的死人湾，
人去了啊不生还。

我说，我们去看看吧！

才让说，去哪里？死人湾吗？我不去！

我说，胡说啥呢？去桑骥出事地方，看看大人们在干啥。

等我们赶到那里时，桑多镇上的人来了很多，在公路上自发地站成了南北两队。

两队人的中间，一根白色的尼龙绳，拴在公路两边的两棵柏树上，没有断，下垂成了一条弧线。

一个警察模样的人正在一头解绳头，或许因为系得很结实，他解了半天，也没解下来。

除了柏树和绳子外，离另一个庄子的人偏近的地方，躺着一辆崭新的蓝色摩托。

我们认出那就是杨慈善新买的那一辆。

摩托旁，也有一个警察，高个，黑脸，拿着个相机，在咔嚓咔嚓地拍照。

但我们没见到杨桑骥的尸体。

听说，他的尸体，已经被他的父亲抬走了。

才让悄悄地给我说，知道吧，阿哥桑骥是被勒死的。勒死他的绳子，就是那一条。你看，还在抖呢！

我的确看见了，那是条白色尼龙绳，在风的吹拂下，轻微地摆动着，像刚刚打了架，还没完全静下心来的样子。

我小声地对才让说，是山叫鬼害死桑骥的。

才让吓得脸都白了：要不要告诉警察呢？

我说，先看看，再说。

才让问我，你看那绳子，新新的，像不像桑骥的阿爸买回来的那一条？

他的话音低低的，但还是让在我们前面围观的杨元旦给听见了。

他回头问我：你说那条绳子是杨慈善的？

我回答说，看起来像，我不能确定，这种绳子好多人都有的。

我又说，不过，这条绳子很新，桑骥的阿爸昨天跟营回来时，摩托车座上驮着一条，跟这条很像。

杨元旦分开人群，走向给摩托照相的警察。

他叽叽咕咕地给那个警察说了半天，又回过头来朝我们站的方位指指点点。

那警察一边听，一边朝这边看。

我吓坏了，给他们说，快走，快走，那警察要找麻烦呢！

我们赶紧挤出人群，连走带跑地往回赶。

风在我们耳边飕飕地吹过，仿佛有鬼神在低声警告：嘘——嘘——嘘！

有人在我们身后大喊，哎，等一等，等一等！

可是我们不敢停下来，越跑越快了。

## 七

我们没有摆脱掉那个警察的纠缠。

当天中午，我就被带到杨元旦家，那个黑脸警察详详细细地问了绳子的事，我一五一十地说了。

下午，才让也被带到杨元旦家，黑脸警察和颜悦色地向我们询问绳子的事，我们也给一五一十地说了。

末了，黑脸警察像商量一件事一样温和地问我们：你们知道是谁杀害了杨桑骥吗？

才让煞白着脸肯定地说，是山叫鬼！

黑脸警察很奇怪地看了我们一眼。

旁边的矮矬黑壮的杨元旦也奇怪地看了我们一眼。

才让急了，他指着我说，不信，你们问阿哥扎西，昨晚我们都见山叫鬼了！

黑脸警察和杨元旦露出了很感兴趣的样子。

我们只好把昨晚见到山叫鬼的事，一五一十地告诉给他们了。

我们还说了在村口碰见杨慈善的事。

黑脸警察对杨元旦说，看样子，这都是人家打虑好的事！

打虑好，意思是做好了打算，或经过了精心的考虑。

杨元旦露出了恐惧的神色：都是他安排好了的？

黑脸警察点点头：我估计就这样子的！

他茫然地看着黑脸警察，嘴张得大大的，像个深不可测的黑洞。

黑脸警察说，这事，快有结果了！

他像是给我们说的，又像是给杨元旦说的，更像是给他自己说的。

## 八

的确，当天晚上，事情就水落石出了。

警察抓走了杨桑骥的阿爸杨慈善。

听大人说，杨慈善承认那绳子是他的，是他拴在两棵柏树上的。

听大人说，他拴绳子，不是为了害自己的儿子，而是想害另一个人。

听大人说，他的儿子天未亮就骑着摩托去桑多镇，半路上被绳子挂下来，摔死了。

听大人说，他的儿子是想去他念书的那个大城市里，叫回他的女朋友的。

那么，杨慈善到底想害的另一个人，是谁呢？

他们问我，我摇摇头说，不知道，大人们想的，都很复杂。

我问才让，才让摇摇头说，不知道，大人们的事，还是不知道的好。

他反过来问我，你知道他想害死谁吗？

我想了想说，在桑多镇，有没有他想害死的人呢？

我们坐在村口那块巨大的青石上，想了好半天，也没想出个子丑寅卯来，只好耷拉着脑袋，准备回各自的家。

刚要分手，却听见有人在暗夜的村巷里大声地叫嚷：他就是想害死我呢，这狗日的就想害死我呢！

听声音，叫嚷的人，正是杨元旦。

只听得有人劝他：他又没说要害你，说不定他想害的是别人。

杨元旦骂道，狗屁！我天不亮要去砂场的事，你们知道，他也知道。肯定是他听说我要骑摩托去，就设了这么一个陷阱，想害死我呢！

一人说，这个倒有可能。我估计他是嫉妒你的砂场生意比他好，才使坏的吧？

杨元旦说，你这说法有道理。这个人的心，怎么就这么毒呢？

一人说，别嚷了，别嚷了，人家刚殁了儿子，还说这干啥呢？

另一人感慨道，这几年，生活条件好了，但人心，慢慢变坏了！

一群人你一言我一语，嚷嚷闹闹地去了杨元旦家。

我们待在村口，听了他们的话，你看我，我看你，不知该说什么好。

大学生杨桑骥在几年前考上大学时的光荣，曾带给了我们太多的酸楚和困惑，那些难以言说的滋味，积蓄在我们的心里，成了微波荡漾的湖泊。

现在，这湖泊里的水，都不重要了，似乎在瞬间就能消失殆尽。

最终，我们谁也没说什么话，散了伙。

## 九

第二天上午，听说杨慈善家要办丧事了。

当然，死了人，必须要办丧事的。问题是，这丧事到底谁办呢？

我说，谁办？当然是杨慈善办。

我说，他不是被警察给抓了吗？

才让说，听我阿爸说，还没抓，丧事办完后才抓呢！

我说，我还听说杨桑骥不能埋在祖坟里，要新踏个坟呢。

我问，这是啥原因？

我说，大人们说，他还没结婚，没有进祖坟的资格。

哦，我们明白了。这么怪的规矩，到底是谁规定的呢？

不管是谁规定的，死者杨桑骥，我们仰望的杨桑骥，是进不了自家的祖坟了。

看样子，他真的要待在孤单寂寞的地方了。

我们有点伤感，沉默着，像两只因失去偶像而失魂落魄的黑头秃鹫。

才让说，我们到他家去看看吧，听说镇上人都去了。

我说，我不想去，我想上山转一转。

才让去了，只留下我一人。

我去的不是阴山，而是阳山，也叫阳坡山。山在阴山的对面，高不过百米，但山势平缓，山路弯弯曲曲的。正是早春时节，山上，刚刚经历过肃杀寒冬的野草和灌木丛，已萌发出了淡淡的绿色。朝阳早就悬在山顶，朗照着阴山，朗照着山下的桑多镇。

我一个人在山路上慢慢地走着，低头追忆与杨桑骥有关的往事。

忽然想起他崇尚藏族文化的事来。我总觉得他的崇尚，有想法，也有理由。

他在那种文化里生活得久了，肯定有特别的体验，也有新的认识。

可是，这个崇尚藏族文化的人，忽然就走了，他生活过的城市，他的老师，他的同学，也许还不知道他的命定的结局。

这样想着，不自觉地抬起头来，向北方望去。那个方位，正是他念书的城市的方位。

但这一看，却看到距我不远处，也有一人，背对着我，向西山那边望着。

我没想到竟有人也在这山上，禁不住发出惊讶的叫声。

声音惊动了那人，那人转身看我，我一眼就认出他是杨慈善——桑骥的阿爸。

## 十

我愣住了，不知该怎么办才好。

正想转身下山，忽听杨慈善喊我：扎西，来，到我这来。

自从昨晚在村口听了杨元旦他们的话，我也认定杨慈善是个恶毒的人了。

现在，当他喊我过去的时候，我的心因为害怕而剧跳起来，脑子里响起嘣嘣嘣的声音。

我犹犹豫豫地走近他，停在离他大约十步远的地方。

他低低地叹了口气，看着我说，你和才让他们，都喜欢桑骥，对吧？

我点点头，警惕着他，不敢说话。

他又说，现在，你们可能恨我，对吧？

我点点头，又摇摇头，仍不敢说话。

他说，你们应该恨我，恨我，才是对的。

这次我不点头，也不摇头，更不说话。

他低着头说，是我害了他，佛祖早就说过，不可有害人之心，可我还是犯了这个戒。

他看了看我，见我紧闭着嘴，就不再期望我能回答他的问话了。

转过身，不再看我，长叹一声：白发人要送黑发人了！

我的心里一阵酸疼，终于没头没脑地给他说，你要给阿哥桑骥踏个好坟！

他转回身，看了我好一会儿。我解释说，这样他会心安的。

他说，你说得对，我也想给桑骥找个好地方。

他又说，不过，踏坟的事，有阴阳，超度的事，有活佛。他们都会给他做好的。

我说，就是。

听我承认了他的观点，他露出一丝笑容，看起来却是苦苦的。

他指了指远处高耸的阴山，问我：看见阴山顶上的雪了吗？

我说，看见了，好像一直都在那里。

他说，对，有些事，发生了，也就一直在那里，这是没办法的事。

我不明白他的意思。

他又说，乡俗，还有人的贪欲，还有一些过去了的事，就像那阴山上的雪，是化不了的。它们，一直在这里。

他指了指自己的心口，脸上浮起痛苦的表情。

我有点明白他的意思了，就朝他说的阴山望去。

阴山，也叫桑多山，是座神山，高高地耸立在桑多镇的西面，一年四季都是冷冰冰的样子。听大人们说，桑多山太高，太陡，冬春两季，很少有人能上到山顶去。夏秋季节，打猎的和插箭的大人会想法上去。大人总是禁止我们小孩们去爬桑多山，他们说，山顶常年积着厚厚的雪，有的地方还结了冰，稍不留神就会滑倒，跌下山去，连尸身都很难找到。除非气候突然暖和了，那雪完全化了，孩子们才有可能上去玩玩。我们总是期待着天气好起来，太阳热起来，好化掉那阴山顶上的雪。那时，我们一群孩子爬上山，从山顶看桑多镇以外的地方，那该是多么美的事啊！

但是，阴山上的残雪，什么时候才能化呢？

# 那个叫观音代的诗人

## 一

如果说杨桑骥和他父亲算是桑多镇的文化人，那么，观音代就是诗人，也可以说是桑多镇唯一的诗人，但镇上人不知道诗人究竟是拿来干啥用的。

这镇子里出过教书匠、泥水匠、木匠、画匠，都是些靠得住的匠人。也出过阴阳家、神汉、媒婆、工头，都是些靠蒙人过日子的神人。

但桑多镇从来就没出过诗人。

所以当从师范学校毕业的观音代给镇上人说他是诗人的时候，人人都被弄糊涂了。

“死人？你明明活着嘛！”镇上人很吃惊，他们认为观音代的脑子出了问题。

观音代只好解释：“不是死人，是诗人！”

然而，他的发音出了问题。他把诗人（shi ren）念成了丝人（si ren）。

镇上人明白了：“哦，原来是像蜘蛛一样吐丝的人，对吧？”

观音代摇摇头，无奈地笑了。他在人伙子里看见了矮矮的我，仿佛见了救星。

“你知道诗人吧？”他问我。

我点点头：“知道，李白、杜甫、白居易，都是诗人。仓央嘉措，也是诗人。”

他高兴得叫起来：“看看，看看，还是念书的人聪明。”

他又对别人感慨道：“你们这些乡棒，啥都不知道！”

其实我当时也就是个刚上初一的学生。

我很高兴观音代说我聪明，因为先人说，聪明人迟早会有出息的。

我的愿望，就是考上大学，成为公家人，过饭来张口衣来伸手的日子。

就这样，从师范学校毕业的观音代，把我算成了他的连手。

什么是连手呢？大人们说，就是超出了一般关系的那种朋友。

## 二

观音代这名字有点来历。

观音代的爷爷是贫下中农，解放后在庄里很有威信。有威信的人，老天爷总是喜欢把他们的生活重新安排安排。给观音代家的安排，就是三代单传。这不，他的爷爷只生了他爸爸，他爸爸只生了他。只生下他也好，却从小体弱多病，总在夜里大声啼哭，丢了魂似的。他爷爷只好领他去见禅定寺的高僧，高僧抬起眼皮只瞥了一眼躲在大人身后瑟瑟发抖的小孩，就说：“去代给观世音菩萨吧！”

从此，他就叫观音代。

虽然观音代把我算作他的连手，但我觉得我不配做他的连手。他的一些话，我听不懂。

有一天，他给我说："我写了一首诗，你听听啊！"

我说："好的。你说！"

他摇头晃脑地念起来：

山上的花儿开了，它有了自己的声音。
河里的鱼儿睡了，它有了自己的美梦。
村里的丫头长大了，她有了自己的秘密。

我忍不住笑了："花还能说话？狗鱼还有梦？你就骗人吧！"

观音代说："你要知道，万物都有灵性的，你给花说话，花能听得到。你把树砍上一斧头，树是能感觉到疼痛的。不管植物还是动物，在情感上，和人没啥大的区别。"

我说："那你说人就说人，扯花啊鱼啊干啥吗？"

观音代急了："这是比兴。比兴懂吗？"

我说："不懂。不过，最后两句，我听懂了。"

观音代说："说说看。"

我说："你看上了一个丫头。对吧？"

观音代嘿嘿嘿地笑了："看样子，你也能写诗了。"

三

观音代看上的是邻村村长的丫头。

村长姓李，和桑多镇的李家是同宗同族，娶了洮河那边的藏族女人做老婆，生了两个儿子，一个丫头。

这丫头叫李菊花，比我大三岁，腰细腿长，皮肤黑黑的，眼睛亮亮的，喜欢穿白底蓝花的衬衣，常摆着两根长辫子到东山底下去挑水。

我喜欢走三里的路程，守候在邻村的那个清泉边，等待挑水的她突然出现。我也喜欢看她把水一瓢一瓢舀进沉重的木桶里，随后闪着细细的腰肢挑回去的那种情景。

当观音代给我暗示他看上的是李菊花的时候，我觉得心口疼了一下，皱起了眉头。

观音代说："我还写了一首诗给她。我给你念念啊！"

我不想听，但又很想知道他到底写了些什么。

观音代眯着眼睛，嘴角浮起一抹笑，轻声念道：

阳山葡萄阴山杏儿，杏儿把葡萄望着呢。
心想和你成一对，白天黑夜想着呢。
有心问你难开口，一对门牙挡着呢！

我叫喊道："杨德全，你就别念了，你念的根本就不是诗，这是洮州花儿！"

不知什么心理，我竟然在恼怒之中喊出了他的学名。

观音代笑了："我这学名没几个人知道，你是从哪知道的？"

我没好气地回答他："别说学名，你的好多事我都知道！"

其实这学名，是镇里的老师告诉我们的。

老师们似乎都有一个怪毛病，他们喜欢把他们培养过的有点出息的人拿出来当例子举：

"知道李拉木吗？他已经大学毕业了，现在在县上的大单位里工作呢！"

坐在教室里的像黑头乌鸦一样的我们，都摇摇头。

“你们这一帮哼喉，李拉木就是我们李校长的儿子。”

我们都笑了，不是笑猴子一样的李拉木竟然是狗熊一样的李校长的儿子，而是笑老师竟然骂我们是哼喉。

什么是哼喉？就是那白天直犯困晚上特精神的猫头鹰！

“知道杨德全吗？他已经上师范了，你们要向他学习！”

我们还是摇摇头。

“杨德全就是我们镇子上的观音代！”

我们长长地哦了一声。

所以，当观音代搂住我的肩膀告诉我“只有好好念书，才能做人上人，才能娶那些漂亮的丫头”的时候，我觉得他的话是有道理的。

想想吧，正是因为皇帝是读过书的人，是最厉害的人上人，所以他就能娶世上最好看的女人。他太厉害了，一个媳妇是不够的，所以要娶很多又好看又多情的女人。

我想，要娶到好女人做媳妇，就要好好念书。在做不了皇帝的年代，做一个为人民服务的干部，也是挺好的。起码像李菊花这样的丫头，肯定会喜欢当干部的人的。

我带着醋意问观音代说：“那你想娶李菊花，对不对？”

他说：“我才有这个想法，还没给家里人说呢。”

我感觉心里的酸味更浓了，酸得我流出了眼泪。我希望他永远别给家里人说。

## 四

一晃就是两年多，观音代果然一直没给家里人说他想娶李菊花的事。

不过，只要回到镇上，他就给李菊花写诗，写在随身带的巴掌大的红皮本上。

李菊花不识字，看不懂他写的是什么，他只好用那土里土气的方言，念给她听。

他总是约李菊花出来，在小河边、杨树下，或者刚刚升起月亮的小山顶上，摇头晃脑地念：

山上的月亮圆了，
地上的草莓熟了，
村里的姑娘她走来了。
河里的太阳落了，
泉里的星星亮了，
村里的姑娘她来陪我了。

李菊花边听边笑，咯咯，咯咯，咯咯咯咯，活像个叫春的杜鹃，笑着笑着，就把头靠在观音代的肩膀上了。

我听说了，也见到了，感觉整个身体都是酸酸的。

我找了个机会劝观音代："你再不要给李菊花念诗了。听说好几次你们半晚上才回家，她的父亲都给她发火了。"

他说："给她写诗，给她念诗，是我这辈子做过的最清透的事。你不懂的！"

我在心里说：哼，我看最不清透了，清透人能做这种糊涂又无耻的事吗？

观音代似乎看到了我的想法，但他不在乎。过了几天，他还是照样给李菊花写诗念诗，就是不提要娶她的事。

但有人来了，说是媒人，也是带话人。这人说："赶紧叫你家儿子娶了村长的丫头吧！”

“为啥呢？”观音代的父亲纳闷。

“为啥？就因为你家儿子把人家的肚子给搞大了！”媒人交了底。

“我的儿子是干部，不能娶在地里刨食的人当媳妇。”

媒人威胁道：“不娶的话，人家就准备告状呢，到时你儿子也当不成干部了。”

这威胁果然有力量，干部杨德全，只好娶了邻村的李菊花。

娶了李菊花的杨德全，就不再把我当连手了，也不给我念他写给她的诗了。

我感觉到心里最美好的东西，在观音代娶李菊花的那天，永远地丢了。

## 五

十年后，我从一所大学毕业，在观音代念过书的师范学校里当教师。

我终于成了端着铁饭碗的干部了。

暑假，我回到村里，听说观音代在桑多镇小学里，当教导主任。也听说他要离婚了！

我提了一条烟两瓶酒，去了观音代家。

我说：“杨主任，我也工作了，今个来，是想感谢感谢你。”

观音代笑了：“为啥要感谢我呢？应该感谢你家娘老子，感谢你自个嘛！”

我说：“你考上了学校，成了国家干部，你就是我奋斗的目标。有了目标，就有了动力。有了动力，就有了现在的我。”

观音代说：“这么说，确实应该感谢，应该感谢！”

他不再客气，撕开我拿的烟，抽起来。又打开我带的酒，倒上了。自个先抿了三杯，又斟满一盘，推给我。

我赶忙说："我不喝酒，不会喝。"

他说："屁话，不会，学学就会了。来，先喝上一杯。"

我只好喝了一杯，这酒辣得厉害，就强咽进肚里。刚下肚，就"咳咳咳"地咳了好一会儿。

观音代说："还真没喝过啊？"

我说："真没喝过，这是第一次。哎，嫂子呢？"

观音代说："叫我骂了一顿，回娘家了。"

我问："那孩子呢？"

观音代又斟满了酒："儿子，在城里念书。丫头，跟着娘去了。"

我说："那你应该叫回来。"

观音代说："叫个屁，就两步的路，还用叫吗？"

边说边端给我一杯酒，我接过来，喝干了，感觉不太那么辣了。

我问："现在还写诗吗？"

观音代也喝了一杯说："停了一段时间，后来又开始写了。我想出本诗集呢！"

我吃了一惊："真的？"

他说："不骗你，是真的。"

我说："出书听说要花很多钱，嫂子同意吗？"

观音代说："就是因为她不同意，我才跟她闹翻的。臭婆娘，无法交流，就像《人生》里的刘巧珍，光知道养猪养鸡养娃娃的事！"

我禁不住笑起来："嫂子是农民，又没你这么多的学问。"

观音代说："不懂，她就应该闭嘴。她倒好，整天唠唠叨叨的，像个躁母鸡。"

我又笑了。

在桑多镇，躁母鸡就是下蛋下出烦躁症的母鸡，病重的时候，浑身的毛都会竖起来，看起来格外邋遢，得在鸡头上喷上凉水，再用背篼扣几天，这病才能好。

观音代问我："你笑啥？"

我说："没笑啥。"担心他还要追问，忙岔开话题，"你还写现代诗吗？"

观音代说："现代诗？不写了，我写的是古体诗。我给你念一首，你听听啊！"

他抿了一杯酒，沉思了一会儿，像是在酝酿感情。而后，念了起来，用的是方言味很浓的普通话：

三杯浊酒话当年，十年育人也耕田。
最是无奈枕边人，不知我心在高山。
无悔昔日凌云志，敢恨而今圈马栏。
待到重阳菊花开，金盏清酒洗容颜。

在他念诗的过程中，那些沉淀下来的往事，像湖泊里的水，突然就在我的心里荡漾起来了。

我想起他那些缠绵多情的诗歌，想起他和李菊花共度的令人嫉妒的时光，想起在田地里和牧场里渐渐老去的李菊花，蓦地流下泪来。

那些往事，仿佛就发生在不远的昨天。

观音代说："看看，看看，我的诗，把你给感染了！"

我明白他诗中的意思，也明白自己此刻的心情，却不知说什么好。

## 六

后来，观音代提出要和李菊花离婚。

桑多镇人爱用教育这个词，认为不管是谁，不管谁做了什么事，都得教育教育。

既然观音代要离婚，就得教育教育。

李菊花的两位哥哥找到观音代，轮番上阵，先用口水教育了几次，后用拳头教育了几次，还是没把观音代想离婚的念头教育掉。

于是，俩人拖拖拉拉你闹我倔地离了婚。

观音代想让儿子跟了他，可李菊花的父亲不答应，这样劝他的外孙子：“跟着脑子不正常的，你能正常吗？”

于是那个个头和他一样大的小伙子没跟他，跟了当村长的外公了。

他想让女儿跟了他，可李菊花不答应，这样劝女儿：“这种人，就是个汉族人嘴里说的那个陈世美，跟这样的狼心狗肺的人在一起，我的下场就是你的下场。”

于是像母亲一样美丽动人的小丫头，也跟着她的母亲走了。

剩下观音代一人，灰溜溜地去了他的学校，再也很少出现。

几年后，听说他跟一个教汉语文的同事结了婚。

## 七

这时，我也结了婚，妻子是知识分子，清秀美丽，性格温顺，相貌和李菊花有点像。

我带着妻子去见观音代。

他住着带有玻璃温室的平房。偌大的房间里，只他一人。

他一见我妻子，就愣住了。

我妻子很奇怪，在观音代烧水的空儿，问我怎么回事，我说："这家伙看上你了。"

妻子说："别开玩笑，到底怎么回事？"

我只好老老实实地回答："你长得和他的前妻有点像。"

观音代沏好茶说："你们尝尝，尝尝，这可是好茶叶，是我媳妇到云南旅游时带回来的。"

我尝了一口，茶味较涩，是陈年春尖的味道。

我问："新姐呢？"

他说："去医院了。"

妻子悄声问我："新姐是谁？"

我说："就是嫂子的意思，我们这里都这么称呼。"

我问观音代："新姐去医院干啥？"

观音代看了看我妻子，沉默了片刻，终于开口了："妇科病。"

我"哦"了一声，觉得有些尴尬。妻子也不好意思，脸红起来。

观音代说："不说这事了。想喝酒吗？"说着从床底拎出两瓶"老县长"。

我们对饮。不长时间，就空了一瓶。

观音代的舌头有些大："小兄弟啊，你娶的媳妇可真漂亮！"

我的妻子的脸更红了。

我说："是不是和李菊花有点像？"

观音代说："不是有点像，是很像。你说，你娶她，是不是因为你也喜欢李菊花？"

我忙辩解："老哥，可不能胡说，你要离间我和我媳妇的关系吗？"

但观音代的话，还是让我的妻子有了好奇心："杨哥，我真的像那李菊花吗？”

观音代说：“像极了，他就是按李菊花的样子找的你。”

妻子生气了，她狠狠地瞪了我一眼，又伸手掐住我的胳膊，使劲地拧了几下。

我疼得大叫起来。观音代哈哈大笑。

我忙转变话题：“老哥，你有孩子了吗？”

他说：“没有，我不想要，她也不想要。”

我妻子插话说：“杨哥，你怎么能不要孩子呢？应该要一个的。”

他盯着我妻子说：“真的不想要。全世界人口都这么多了，地球上都快挤……挤……挤满了。供我们人类生存的资源，已经越来越少……少……少……了。我再生，他们以后吃……吃……吃什么？喝……喝……喝什么？你说，你说！”

我的妻子被他的气势镇住了，她拉拉我的衣角，悄悄地问：“杨哥是不是喝多了？”

我还没回答，观音代就说：“我才没喝大呢！你们这些人，生那么多孩子……孩子干啥？纯粹是想要人类早点……早点灭亡……灭亡嘛！”

我妻子确信观音代喝醉了，一个劲地给我使眼色：“走吧，快点走吧！”

这时，一个黑而粗矮的女人从门外进来，见到我们，吃了一惊。

观音代忙摇摇晃晃地站起来，对我们介绍说：“这是我……我的婆娘！”

## 八

观音代的夫人姓武，我妻子叫她武老师，我当然叫她新姐。

但她不接我们的话茬，只斜眼看观音代："又喝酒了？又喝尿了？"

观音代说："有朋自……自……自远方来，不亦乐……乐……乐乎？"

武老师说："乐乎个屁！我的事，你不管，光知道喝酒。"

我和妻子都觉得很尴尬，就准备告辞。

观音代说："先……先……先别走，我给你我……我的一本诗……诗集。"

说着，摇摇晃晃地走到一个高低柜前，拉开柜门，摸索了半天，拽出一本薄薄的诗集。

翻开，从兜里摸出一根细细的油芯，龙飞凤舞地签上了自己的名字。

我接过来一看，书名叫《补漏集》，一时竟不知书名的含义。

翻开，扉页上写着：扎西老弟雅正！德全。某年某月某日。

我赶忙道谢，将书揣在怀里。

观音代送我和妻子出了院门，边走边说："别生你们新……新姐的气，她虽然脾气大了些，但还算是个吃……吃……吃劲人。"

妻子又问我："啥叫吃劲人？"

观音代回答道："就是干活能力强，精……精……精明能……能干的那种人。"

又对我说："你这媳妇看起来麻麻利利的，怎么就啥……啥……啥都不懂呢？"

我说："你赶紧回吧，就甭送我们了。"

返程的客车上，我打开了《补漏集》。

看了前言，发现了这样几句话："人生中有很多不如意。这些不如意，就像幸福生活中的种种漏洞，需要用文字来填补。只有这样，有缺憾的人生，才会有别样的意义。"

我终于明白了书名的含义。

妻子说："让我看看吧！"

我把书递给她，妻子一页一页翻看，间或停下来，皱着眉头思考。

因为喝了酒，我觉得有些迷糊，在客车的摇晃之中，竟睡了过去。

正睡得舒服，妻子却捣醒了我。她指着书中的一首诗说："你看看，这是什么意思？"

我接过来一看，是首打油诗：

一去百里为求学，二返桑多情事多。
三更月下有你我，四季皆春花如蝶。
五亭送别几行泪，六程快马新人乐。
七首短歌无人听，八声花儿谁知我。
九步断桥挥手去，十指不扣心如火。
奈何前尘爱诗书，此生再吟平与仄。

我告诉妻子："这是诗人的话，要细细体味，才能……"

还没说完，我那不争气的泪水，就漫出眼眶，打湿了衣襟。

# 雪豹

## 一

桑多山上，我和她从树林里出来。

我问她，你是桑多镇上的人吗？她摇摇头。

从山上看蓝天，这蓝天蓝得令人发晕。看山下的村寨，却分外亲切：群鸟被惊起，挣脱林郭，在空中斜斜地飞；那些黑色的、白色的、枣色的马群，早就停止了奔跑，伸长脖颈，在月牙形的湖边饮水。

我说，你实话告诉我，你到底是镇上的还是山里的？她像看白痴一样看着我，还是不说话。

我有点恼怒：那我回了！她不理我，独自往湖边去了。

我想追上去，但就是无法奔跑，我的双腿，已经像树那样长进土里。

她走到湖边，扭头远远地看我，我假装无动于衷。

她褪去衣衫，露出在林子里时我没顾上细看的后背。夏日的阳光落在她身上，使得她成为一点明亮的光源，在湖边闪耀。

那些马，一阵骚动，纷纷跑离湖边，顺着另一条小径，去了密林深处。

她进入湖里，湖水渐渐淹没她的小腿、大腿、臀部、腰和后背，最后，只剩下她的头，像一株黑头的罂粟，在湖面上漂浮。

## 二

我原本生活在一个藏地小城，因为事业上的挫败，经历了前所未有的痛苦。为了使自己能从深渊里爬出，我带着妻女坐着火车去另一座城市，见到了远方的城，远方的风景。

我想留在那城市，可妻子说算啦，这里也治不好你的心病。那就算啦，我回到小城，感觉心里都有了铁锈的气息。

有朋友喊我去游山，我欣然答应，可他们却开车进了草原，在偌大的草地上待到夕阳沉下去。我给朋友说，我不喜欢这空旷，我快要被这里的情景给毁了！朋友不理会我，只滔滔不绝地给另一个同伴介绍这个草原的历史。

从草原回来后不久，我认识到，若要真的从困境里脱身，最需要的，是只身出行的勇气。于是，我来到桑多镇——这个传说能疗治都市人心病的地方。

然而桑多镇并没有想象中的那么好，这小镇，还是一处世俗的旋涡。刚抵达这里，我就感受到了扑面而来的铜臭气息。我渴望躲过让我身陷困境的怪兽，没想到这怪兽竟然无处不在。

等找到旅社，放下行李，我就软软地倒在大厅里的沙发上了。

房东——一个五十岁左右的黑脸老人说，你看起来脸色差得很，很不正常呀！

我说，就是，我感冒了，这脑子里，像装了糌粑糊糊。

老人说，不轻松的话，就吃点药，好好睡一觉，等到大清早，就到桑多山上去转转，兴许会好点。

我说，就是，就是，但现在我还不想去，你这里有与这个镇子有关的书吗？有的话，借给我看看。

老人说，倒是有一本，也不知你感不感兴趣。

他拉开一张三抽桌的抽屉，在里头翻了一阵，找出一本薄薄的书来。

书名《桑多镇秘闻》，薄薄的，近八十页，蜡版油印本，铁笔银钩的简体字，一看就是解放后的新东西。

老人介绍说，这是本地诗人写的，听说只印了一百本，现在，估计都散失了。我保存的这本，算是孤本了吧！

我问，那这个诗人呢？

他说，早就离开桑多镇了，好多人都说他神经兮兮的！

他戏谑的口吻，引起了我对《桑多镇秘闻》的阅读兴趣，便粗枝大叶地翻看。

这一看，竟看出趣味来。

书里头，对桑多镇的历史，只含含糊糊地做了异常简单的叙述，却将重点放在对小镇趣闻逸事的记录上。

三

“有时我爱想象以前的桑多人生活的场景：看哪，一轮高原月从山上下来，跟着插箭的男子和沐浴的女人，又重返寺庙的金顶，停留，轻叹，如千万信徒跪拜的神祇。它也从水里出来，时明时暗，时缺时圆，在青藏高原，在藏地土司的幽深府邸，像传说中狡黠而善变的狐狸。它映衬着黄锦内的经书，朗照着绘有吉祥八宝的镀金的门楣，似星辉，如佛光，在深夜的街头，迎来了那晚归的忠诚的书记官。就这样过去了多少年？不知道，有谁知道呢！在它的陪伴下，多少年来，春花灿然绽放，夏叶轻声絮语，秋果熟了自枝头落下，在雪天，阿尼玛卿山神银盔银甲白马戍边。就这样过去了多少年？不知道，谁能知道呢！在它的护佑下，多少年来，尘埃悄然落定，混沌寂然有序，那个晚课后得道的黑脸高僧，在天幕下顿悟了人世间的生死。”

只读了这一段，我就爱上了这诗人的文字。于是不再粗看，开始一字一句地阅读。

“好歌其实就是好日子，香浪节就是一例。六月初六这一天，确实是适合采薪的好日子，不过，风俗流变，桑多人都不采薪了。山上，神灵们起了个大早，她们站在山顶指指点点，山坡上就长出各种奇异的花朵。山下，当太阳扑通一声跳下河，晚风鼓荡不息，水里就游来各种古怪的生物，它们也睡眠，也发声，也喧嚣，看上去，让人忐忑不安，又心怀感恩。有人在帐篷里打开酒壶，酒香就四溢开来。山坳里落满的蝴蝶，一一飞离花丛，山梁上走来曾经到处游荡的山神，三三两两的，他们也坐着，也说话，也发怒，看上去，让人无可奈何，又心怀担忧。等到那么多的人，折腾够了，疲倦了，那么多的神，不争吵了，睡着了，就有几头牛，在草地上慢慢地走，却始终走不出它们的月下的阴影。有人和朋友斗酒猜拳，但又不想喝醉，想从山里匆匆赶回小镇，躺在大梦深处。半路上，他的女人找到了他，张开丰硕的双臂，将他扑倒在路边的草丛里。她会像个骑手，骑着他前往遥远的天边吗？”

这些有关桑多镇的文字，让我摆脱了这地方的铜臭气息。也许，我来对地方了！

“头戴玛瑙皮帽的扎西吉，是桑多河畔的女神？在那个去了异乡的画家的画册里，她有着古铜的皮肤，肉欲的曲线，和天使的笑容。在桑多诗人的诗歌里，她在高山之巅远眺故乡，温和的阳光沐照着她高高的鼻梁。在阿妈讲的传说中，山神也在树荫下深情地凝视着她，看到她的纯洁，也感受到她的忧伤。我于一九八五年三月的某天下午，在桑多镇修葺一新的图书馆，找到一本地方志。书里头，果然记载着她的故事，那段简约的文字，不能掩藏她逼人的光芒。这个传说中的猎户的女儿，是飞禽的姐姐，走兽的妹妹。当它们将她围拢在中心，她就是那使万物安静下来的月亮。当它们跟随她走入群山深处，这女神，内心定然深藏着不可思议的力量。”

这女神，这个头戴玛瑙皮帽的扎西吉，让我对桑多山充满了浓厚的兴趣。

我对房东老人说，给我房间钥匙吧，等我休息一会儿，就去桑多山。

## 四

桑多山上，十里长廊旁，野花盛开，南风缓缓低吹。

在小城时，我就像寄宿在钢筋水泥里的哲学家，不走动，不打听，就想能搞平世上的事，结果好多事都以失败告终。而在这桑多山上，我不思考，就能感觉我的枝叶茂密，我的呼吸细密，我的躯干坚韧，甚至我经历过的日光，也比别处的更加温热。

我徒步行走，太阳刚刚升起，山林里空无一人。在半山腰，终于看到有人穿一身白底黑斑的衣衫，在悬崖边静坐，像匹雪豹。待我走近，看清是个猫脸女人。

我问，你是谁？她不回答，只扭头看我，她真的有着雪豹那样的黄色瞳仁。

我坐在她身旁，点了一支烟。

我问，抽烟不？她还是不答，但低头笑了。

我也笑了，我说，前段时间，我受了很深的伤。我指了指心口说，瞧，这伤口就在这里。

她伸出手，按了按我的胸口，我感觉到她轻柔的力道。

我用手盖住她的手背说，我啥都没了，几乎失去了一切，只剩下家人，但家人都不理解我。

她抽回手，搂住了我，我斜靠在她肩头。

我问，你能救救我吗？她点点头，站了起来。天哪，她也有着雪豹那样的修长腰身。

她牵引我走向密林深处。

就这样，在我生命的中途，在桑多山上，就像但丁遇到豹子、狮子和母狼那样，我也遇到了她。但她不同于那三兽，她是安静的，更是温柔的。

## 五

我想赶到湖边去，但动不了，感觉我的脚趾确实变成了根须，扎入土地深处。我想，我可能真的要永远待在这桑多山上了。

我扯长脖颈向她喊话：快来，拉拉我！

她似乎不曾听闻我的喊叫，还在幽碧的湖水里慢慢地游。她的长发遮蔽着她的脸庞，在水面上漂浮着，像墨色水草。

不知何时，天上布满了乌云，是要下雨的样子。

我再次大声喊她：快从湖里出来，要下雨了！

这次，她听到了我的呼喊，爬上岸，光溜溜地站在岸边。南风吹拂着松林，发出了持续不断的松涛声。南风也吹着她那我先前爱抚过的健美的身躯，那情形，依旧使我心旌摇曳。

她穿上衣衫，却不来见我，沿着马匹们消失的那条路，也往密林深处去了。

我大声叫喊，挣扎，捶打着自己的胸脯。

有人紧紧攥住我的双手，大声问我：哎，你怎么啦？

我睁开眼，叫醒我的，是那个黑瘦的老头。隔了好一阵，我才搞清楚自己身在哪里。

老头说，你从山上下来后，感冒就加重了，睡了一整天呢。

我说，没那么长的时间吧！

老头说，你早上去的桑多山，回来后午饭都没吃就睡了。晚饭时间，我看你还锁着门，没有吃饭的动静，这才叫醒你的。

我沉默了半晌，终于忍不住问，你们桑多山上，是不是有雪豹出没？

老头说，以前有，还叼走了镇上的一个女子，这几年搞旅游开发，来镇上的人就多了，人一多，动物也就少了。

老头说罢，忽然追问，你是不是遇到雪豹了？

我还没回答，他就着急地说，这还了得，我要赶紧告诉旅游局，不然会出大事的！

我赶忙说，没有的事，只是见到山顶的积雪，就想这里应该有雪豹吧。

## 六

我决定返回白羚市。

途中，路过另一座雪山时，我改变了行程。

我坐在一棵柏树下，感觉到疲倦，过了会儿，竟迷迷糊糊睡着了。那个黑脸老头来了，坐在我身旁，吸着旱烟，看着雪山下的美景，发了一会儿呆。后来，他变幻为一个面目模糊的神祇，也许就是这里的山神吧！再后来，又化身为白底黑斑的豹子，沿着雪线，往山顶去了。

片刻间，就只剩下我一个人了。我觉得孤独，醒了。山林里空无一人，一只老鹰飞向山巅，山巅后，浮起一轮白白的月亮。

此情此景，仿佛就在哪里经历过。

哦，我想起来了，就在那个诗人写的《桑多镇秘闻录》里：

“在桑多河畔，我再次目睹了这世外的净地：一座寺庙前，晚课的钟声使山林更寂；一轮月晕下，修行的喇嘛已汲取了山泉。欢喜佛的子民们，依然热爱着肉体的欢娱和精神的游离，他们像白桦一样睁着树干上的眼睛，舒展着暗藏了情欲的身子。在白天，那些异性的山神，让风温柔地吹拂着树梢，让草轻手轻脚绕过岩石，让飞禽走兽安详地沉睡于自己的领地。而在夜里，因为神灵之间无法抑制的倾慕之情，她们偷偷地让山体相互移近了几许。我把诗人的寂寞掏出来，这寂寞与这尘世息息相关。但在这万物一脉的净地里，我的寂寞，仿佛那些沉入桑多河底的细细的沙子，比鱼更白，比水更净，比灵魂更轻。”

月亮升上中空时，我忽然觉得，平日里能压垮脊梁的诸多人事，都不那么重要了。

# 宿命

## 一

十八岁那年的寒假，一场突如其来的风寒，让我病倒在桑多镇。

见我吃了药还没痊愈的迹象，母亲就说，我去煨个桑吧。

在母亲去佛堂的时候，我从炕头的针线笸里，找到一本用来夹鞋样的油印书，这书封面脏兮兮的，看不清书名。但翻开一看，扉页上写着六个字：桑多镇秘闻录。

哗啦啦地从头滑到尾，发现凡是夹鞋样的地方，总是撕去了几页纸。幸好其他纸页上，还有用纯蓝墨水写就的文字。

这些残存的文字，对桑多镇历史，只含含糊糊地做了概述，倒是对小镇趣闻逸事，有着较为详细的记录。

我发现，其中部分章节，竟然是写我姑姑仲格尔家的往事的。

## 二

“低矮的直不起腰的木屋里，是仲格尔和她的三个孩子。她的长女趴在桌上，只看得见卷曲而糟乱的头发。次女长得黑皮寡肉的，沉默地僵着被疾病无数次侵袭过的脸。她的儿子将一把匕首插入桌面，虎口被划破，渗出了一缕血。仲格尔面色凝重，紧抿着嘴角。靠窗的货架上，她那远在青海的丈夫一脸呆痴，那神情，仿佛连自己的处境也深感厌倦。只她腿旁的藏獒竖起耳朵盯着户外，似乎只有它，才是这房间里最有生机的生灵。”

这第一则文字，显然是讲述仲格尔一家的情况的。

紧随的第二则文字，讲述的是她长女的命运：

“女孩虚弱地躺在大床上，她的母亲仲格尔佝偻着腰身，端来一碗奶茶。桑多镇的老医生坐在一旁，严肃地拿出几包藏药，那装药的褐色布袋，已经被晒得褪了色。当我写下这一场景时，女孩早已离开令她伤心欲绝的乡村，去了南方的某城。她的妹妹嫁给了我儿子。说起姐姐的过去，我的儿媳撇了撇嘴：‘是那些臭流氓，坏了她的一辈子！’我不出声，想起女孩躺在宽大木床上的情形，想起她黯淡的肤色和木然的眼睛，当年不曾流出的泪水，现在，终于打湿了衣襟。”

第三则文字，据我判断，写的应该是她离世的儿子的事：

“赤身裸体的男子慌不择路，一下子就扑进沼泽地。刺目的鲜血从他的脖颈上流下来，被风吹到肩部。身后，持匕女人穷追不舍，紧攥着刀柄的右手，比男人的手还要结实有力。她狰狞的面容，已经失去了女性的特征。疯狂的女人目露凶光，她要置对方于死地，在夜幕下完成弑夫的壮举。凶案就发生在桑多镇，没有诉讼，没有白纸黑字，来暴露这人世间的小小的悲剧。只那吹斜了血液的风，无遮拦地劲吹。这口口相传的惨案，像枯枝败叶一样，被桑多河水带走，最终失去了它的本意。”

写笔记的人，也记载了姑姑的二女儿的叛逆：

“仲格尔的二女卓蟆正在削苹果，锋利的小刀，瞬间就使皮肉分离。

然后，这年仅十五岁的女孩抬头盯着母亲，眼神犀利，充满挑衅。仲格尔不敢和女儿对视，不过，她还是记住了女儿的乱发，黑色脸颊上的红晕。她还记住了窗外牧场上的残雪，皮毛邋遢的牛群，和那只暗暗成熟的禁果：她刚刚与情郎私奔回来。作为母亲，她强烈地感受到四十年来未曾体验过的失败。面对女儿的背叛，她深感无能为力，无能为力！”

## 三

姑姑和她家人的生活，的确如文字所记，大多是些不堪回首的往事。

比如那个性格乖张的女儿卓蟆，她的爱情甚至婚姻，也被记录了：

“如果你是个具有非凡观察力的作家，那么你必然不会错过这样的场景：这个叛逆的女子躺在墨绿色的床单上，她黑黄的肌肤衬出了窗外的落日。当然你完全可以想象到她的处境：那悲伤的表情让人潸然泪下，已是冬季了，背叛她的男人，还没回来。在这样的想象中，你可以继续了解她生存的背景：有乌鸦在旷野上锐声啼叫，有北风将冰上的枯枝吹走。你也完全有权利知道她的生活：有过客在她窗外频频窥视，那个背叛她的男人，还没回来。好了，当你写到这里时，你就可以知晓一个事实：她的爱情已然不在，她的悲伤，你也当作了常态！你虽然也是她生命中的过客，但是，为了她，你可以做出选择：是否需要留下来？然而，总有乌鸦在旷野上啼叫：绝不再来，绝不再来！仿佛就是一个咒语，总是在你享受情爱之欢的时候，一遍又一遍地回响，让你时时保持清醒：爱，是悲剧的根源；情，定然是灵与肉的烙印。”

不过，写这本书的人，偶尔也用温暖的笔触来叙述姑姑的晚年：

“仲格尔牵着她瘦高的丈夫，加入了名叫锅庄的圆形的舞阵。有人在圈外席地而坐，喝尽几听啤酒。有人陪着女孩，策马奔向草地深处。

有人随着音乐唱起歌，风吹出了眼泪。她注意到年轻时都经历过的每一幕，现在，她只选择与自家男人一起跳舞。她抬脚扬手，转身顿足，一边甩动长袖，一边发出轻呼。她跟着男人转圈，瞥见男人黝黑的脖颈，和有力的腰身。三十年来，男人始终陪伴着她。三十年来，岁月把他们从俊美健康的少男少女，变成了皱纹满面的罗圈腿的老汉，和耷拉着硕大乳房的粗糙的老妇。当他俩渐渐步入舞蹈的内圈，当他俩成为舞蹈的中心，她再也无法适应那极速的步履，跌倒在他身上，众人善意地大笑起来。她索性抱住了他，露出了三十年前的那种羞涩的笑容。”

## 四

我一边阅读一边追忆，不知不觉中，泪水涌满眼眶。

我擦掉泪，又看到一则文字，写的是姑姑病重时的样子：

“卓蟆的母亲瘦小又孱弱，身着米色单衣躺在一张宽大的板炕上。她的皱纹细密，皮肤干枯，她手背上青筋暴起，色斑也如褐色的蜘蛛。她裸露着的骨节突出，眼神呆滞，哦——，她的衰老有目共睹。一年多来，我们多次看望过她，这一次，大家都沉默着，像静守着一轮落日。不管此时她正在想什么，她的灵魂，早就经受了岁月的荡涤。”

这本书的作者，甚至也写到了姑姑离世后的姑父的凄凉晚景：

“穿黄色军大衣的人，是个瘦子。他在遛狗。狗矮小，肥硕，性子急，总是往前扑，绳子被拽得笔直。他只好亦步亦趋地跟着。狗时不时逗留在草丛旁、拐角处，或电线杆下，嗅闻，遗尿，占据地盘。他默默地看着，知道这是劳而无功的行为，但也不阻止，任狗折腾。其时正是晚饭后，大街上行人众多，不过都在慢慢地走，一点也不匆忙，像个小镇居民的样子。返回的途中，遇到熟人，他多聊了一会儿。狗不乐意了，大声嚷嚷，显得急躁不安。他只好与人告别，和狗回到空荡荡的屋子里。解了套绳后，狗直奔水盆，点点点地舔了半天，才扭头看他。而他已经神情木然地坐在沙发上了，因为没开灯，他的身影就慢慢地融入房子里的黑暗。他在黑暗中沉思着，女人离开好多年了，她的死亡，真的就像出远门去了。他在等待中越来越老，甚至像船那样错过了好几处码头。那狗似乎知道他的悲苦，悄悄地跳到沙发上，依偎在他身边，还把头搁在他的大腿上。然后，以无辜的亮亮的眼神看他。这眼神，即使在黑暗中，也能看得到。他忽地清醒过来，连忙把狗抱在怀里。这条叫仲格的串种吉娃娃，温和地看着主人，它的瞳孔里，深藏着这个瘦高的男人。”

## 五

我合上笔记本，心里酸酸的。忽听得大门响动，是母亲煨桑回来了。

母亲问我，好些了吗？

我说，好多了，就是脑子昏沉沉的。

母亲摸了摸我的额头说，倒没发烧，看样子煨桑还是有作用的。

我没接母亲的话茬，拿起笔记本问她，这是谁的？

母亲说，是你阿爸的。

我说，你为啥拿阿爸的东西？

母亲说，谁知道他写的是什么乱七八糟的东西。

我从这话里听出了母亲的不安和担忧，就劝告她，你就甭胡想了，阿爸只是写了姑姑家的事。母亲说，我知道，我比谁都清楚。

我突然怀疑本中被撕掉的纸页，可能记载的是更秘密的事。

刚想开口问母亲，母亲却说，快过年了，你姑姑的祭日也到了，我还是去点个平安灯吧！

母亲在堂屋里点了灯，说了好多祭祷的话。

我忽然想起若干年前的某个冬至，母亲与姑姑在佛堂里点燃温暖吉祥的酥油灯的情景。佛堂周围回旋的北风，也把她们轻声吐露的祭语，带往桑多镇的其他地方去了。

那一天，悄然来临的冬至，不像一个节气，倒像一种宿命。

# 菩萨保寻妻记

## 一

太阳悬在空中，照耀着北方藏地。

在桑多镇的广场上，厚实的柏木板搭建成的戏台上正在上演秦腔《铡美案》中的经典一幕：秦香莲拖儿带女前往京城寻夫，陈世美派出的杀手韩琦如影随形。

身着戏装的女演员在舞台上徘徊、犹豫，颤着沉郁凄婉的唱腔，诉说着此生的不幸。

桑多镇濒临内地，历史较为古老，文化积淀也多。这里的汉民藏民，都喜欢听秦腔、看秦腔、唱秦腔，所以总能出现一些秦腔把式。这种文化的渗透与传承，估计是地域上靠近秦腔大省陕西省的缘故，再加上由于战乱、自然灾害、政治运动等原因，陕西人在甘肃落户较多，秦腔文化自然而然也就落地生根，影响了甘肃人，也影响了桑多人——弹丸之地的汉人和藏人。每年农历六月初一到初五，桑多附近的秦腔艺人就会穿红着绿，敲鼓鸣锣，把《三滴血》《火焰驹》《五典坡》《铡美案》

等传统剧目搬上舞台。这时候，人们就会从四面八方蜂拥而来，梗着脖子观看。看到激动处，会发出大的动静来，吼叫声、大笑声、鼓掌声甚至怒骂声，会比锣鼓声还要喧嚣。

舞台下拥挤的看客中，一个身穿灰色夹克衫的卷发青年，显然不曾被秦香莲的唱腔吸引，他只盯着人群那边的一个红衣女子。

那女子把头发编成三根粗黑油亮的辫子，发辫上佩挂圆形的银制品。身着绿色大襟长衫，两边开衩，外穿红色短夹，短夹镶了锦边，饶是好看。腰里，则系一条锦绣宽腰带，勒出曼妙的腰身。

她似乎已经深陷在剧情当中，半张着嘴巴，眼里蓄满热烈，也洇淫着迷茫。

她的旁边，是个年老的妇女，一脸凄苦相。

或许感觉到了有人在注意自己，那老妇下意识地回过头来。

卷发青年赶忙低下头，身体往后一缩，把自己隐在旁边粗壮汉子的身后。

汉子奇怪地问："哎，你躲啥呀？"

卷发青年斜瞥了汉子一眼，不吭声。

汉子笑了："看样子你不是来看秦腔的，你是来搞女人的！"

卷发青年低声骂："甭放屁了，看你的戏吧！"

汉子也恼怒了："你有这想法，我还不能说？！"

卷发青年不再搭腔，从人伙里往外挤。

被挤的人开始嘟嘟囔囔地抱怨，但刚一接触他阴冷的眼神，就都闭了嘴。

卷发青年名叫菩萨保，洛村人，自认为是个秦腔迷。他最爱看的就是这出《铡美案》。

多年来，这部戏他反反复复看了很多次，内容早就烂熟于心了。

有多少幕，多少人出演，多少乐师伴奏，每一幕谁先出场，什么身份，唱什么词，做什么动作，有什么表情，最终是什么归宿……他都一清二楚。

他曾经特别喜欢看这部戏时的那种热闹的氛围，更喜欢以局外人的身份关注秦香莲的一生。

只有在这样的时候，他才觉得自己是活得清清透透快快乐乐的。

也只有在这样的时候，他才觉得活着确实是很有意思的事。

不过，这一天，菩萨保的心思显然不在秦腔上。

## 二

他挤出人围，坐到院墙上，从皱巴巴的烟盒里抽出一支干瘪的香烟，点着，深吸了几口，半晌，用食指揉灭了炙热的烟头。

他感受到了高温灼伤指头时的钻心的疼痛，皱了皱眉，发出一声冷笑，自言自语：“哼，尽演这男人女人间的破事。”

墙角下，立起一个老头，穿着宽大的皮袄，身上散发着一股若有若无的膻味。

老人瞪了菩萨保一眼说：“尕崽娃，你这话说得太过了。我看这戏看了三十多年，还没看厌烦呢！”

菩萨保不理老人，从院墙上跳下来，拍了拍屁股上的白土，身后顿时弥漫起一团土尘。

老人生气了：“哎，尕崽娃，讲点礼貌行不？”

菩萨保：“让韩琦给你讲道理吧，我可是个粗人，不懂礼貌这玩意儿！”

桑多一带，年长者对年少者的行为有所不满时，爱称呼对方为尕崽娃，有警示对方或讲道理的意思。

老人本想在气势上压压菩萨保，谁知对方竟不买账，张口想骂几句，却被菩萨保拍起的土尘给呛着了，大声咳嗽起来。

菩萨保乘机重新钻进人群，挨挨挤挤往前走。终于选定了一个地方，站定了。

却不看藏戏，伸着脖子找那红衣女子。

东张西望了一会儿，看清了人伙里隐藏着的半片红，心跳也快了起来。

这时再看舞台上，韩琪已经抽出了腰刀，正为究竟杀不杀秦香莲做着内心的剧烈争斗。

菩萨保侧首再看不远处的红衣女子，那女子目不转睛地盯着舞台，或许因为激动，或许因为燥热，涨红着脸。

看到这一幕，他的心忽然就收紧了，有一个声音在脑子里回响：“这臭婆娘，还看上瘾了呢！”

人群忽然又骚动起来，原来那韩琪已经做出了选择：不杀秦香莲，但又无法向主子交代，竟然自刎了。

台下黑压压的人群，爆发出轰鸣般的感叹声。

感叹声中，菩萨保突然觉得有什么不对劲，往红衣女子所在的位置瞅去，眼光扑了个空。

他快速地在密集的人群中搜索那耀眼的红色，捕获的却是一团又一团的灰影。

“她们离开了，”他想，“大概发现了我，跑了！”

他匆忙挤出人群，在场院周围搜索，还是找不到红衣女子的身影。

他离开剧场，紧跑几步，赶到村口，眼睛霎时就亮了。

不远处，那红衣女子正紧随在老女人的身后，急匆匆地顺着山谷里的小路往外走。

偶尔扭头回看，显然是观察有没有人尾随的样子。

菩萨保闪身在半截矮墙后，感觉到心脏跳得分外厉害。

他的手伸进夹克衫内，摸着了一个硬硬的温乎乎的长家伙。

“今儿个，就要靠你说话了！”他对怀里的长家伙说，口气也是硬硬的。

三

“阿妈，你，你真的看到他了吗？”

红衣女子结结巴巴地问走在自己前面的老女人。

老女人停下脚步，转身盯着红衣女子：“我看很像。我不会看错的！”

“那我们怎么办呢？”

“怎么办？要赶紧回，越快越好！”

老女人攥住红衣女子的手腕，扯着女子往前快走。

红衣女子“哎哟”一声叫：“阿妈，你攥疼我了！”

老女人：“玉珍，你再不快点走，他追上来，就麻烦了！”

被称作玉珍的红衣女子下意识地扭头往镇子的方向看。

这不看倒好，一看，两腿就僵硬起来。

她果然看到一个黑影，闪进了半截矮墙。

“阿妈，我好像看到他了！”

老女人吃惊地叫起来：“啊？他真的跟着来了？”

也顺着女儿眺望的方位看，却没看到什么动静。

“你可能眼花了，”老女人说，“他肯定还在看戏，说不定没有发现我们。”

玉珍不搭腔，频频扭头往后看，眼睛里蓄满惊慌。

玉珍的娘家在秋古村，离桑多镇大约十二里地的路程。

戏还没看完，玉珍就被母亲拽出来，往自家村里赶路。

匆匆走了两里多路，都感觉有点累，脚步明显放慢了。

山谷小路上行人稀少，临近黄昏的阳光，铺在油绿的田野上，到处都是温暖的色泽。

有两三只鸟从远处啾啾啾地鸣叫过来，掠过她们的头顶，远去了。

玉珍跟在母亲身后，看着那矮胖的背影突然说：

“阿妈，我想好了，我还是回去跟他一起过吧！”

老女人愣住了，停下了脚步，扭头训斥自己的女儿：

“跟那个败家子过日子？你都是两个娃娃的女人了，还说这种可笑的话！”

玉珍说：“他就是好吃懒做惯了，倒没有其他的毛病！”

“还没毛病？”老女人拉着女儿继续往前走，“都开始骂你打你了，还说没毛病！”

玉珍：“骂我的那次，是他喝醉了嘛！”

老女人：“那上次打你，是怎么回事？”

玉珍：“上次他生气了！”

老女人：“生气了就打自家的媳妇？你不心疼你，我可心疼呢！”

玉珍看了看母亲，眼睛就红了，一滴泪落在袖口上，在红色的布面上洇出一团深色来。

女儿一哭，老女人的口气就变得温柔了：“不是我不让你和他过日子，是他不想和你过。”

玉珍噙着泪点点头：“阿妈，你说得对，他就没有个过日子的样子。”

“就是嘛，”老女人说，“你看他田刚刚种上，就借口出去打工，一跑，一年半载不回来。终于回来了，两只手都是空的，就不像个活出人样的人！”

玉珍辩解：“他说他没挣到钱。”

老女人：“屁话！人家能挣到钱，彩电呀组合柜呀一件一件往家里搬，白面一袋一袋往柜里倒，有的人家都买上小车了。他倒好，做甩手掌柜，还爱喝酒，喝醉了就打你。你是我的心头肉，打你就是打我，我可难受得很呢！”

玉珍：“阿妈，你别说了！”

## 四

这时两人都走得浑身出了汗，就停住脚步，在路旁的草地上坐下来。

抬头看看太阳，已经朝西山那边靠近了。

西山背后，是另一座高耸入云的山，山顶积着雪，闪耀着银光。

天空里，是那种令人绝望的沉重的蓝色，一大片灰白色的云，凝滞着，一动不动，只把深色的暗影投在南山林里，看着就让人觉得焦虑。

老女人看了看南山，又看了看女人，问：“你跑回来后，他给你打过电话吗？”

“没有！”玉珍低着头，用路边杂草擦拭皮鞋上的灰尘。

“那他托人给你带话了吗？”

“也没有！”

老女人有点奇怪：“啥动静都没有？”

“没有！”玉珍不像在回答，倒像在呢喃。

“你看，你看，”老女人狠狠地说，“人家就根本不把你当人！”

玉珍的眼泪流了下来：“不是的，我听别人说，他一直在喝酒，都没从家里出来过。”

“哼，挣点钱，光知道喝酒，就不是个有志气的人。”老女人说，“你和他离婚，这个选择，是对的！”

玉珍突然站起来，指着唱秦腔的那个村子说：“阿妈，你看，你看，那个人是不是他？”

村庄外大路旁的一块巨石上，坐着个干瘦的男子，脸朝着她们的方向，远远地张望。

老女人站起身看了半天，揉揉眼睛说：“我看就是。他就穿着那衣服，在人群里贼头贼脑的，像是在找我们。”

玉珍有点慌了：“那我们赶紧走吧，别叫他追上来！”

老女人：“就是，赶紧走，跟天黑赶到家里！”

又说：“我说别来看戏，你偏要来，还说心情不好。我看这心情，在这时候才不好呢！”

玉珍：“阿妈，你就甭抱怨我了，你不是说好几年没看戏了，也想来吗？”

这次是玉珍走在前头，老女人跟在后头，边走边喘气。

玉珍挽住老女人的胳膊：“阿妈，自从阿爸离开人世，你的身体弱了！”

老女人：“不是身体弱了，是心力弱了，再也打不起活人的精气神了。”

“就是，我也是这样，想好好过日子。”玉珍说，“他可好，光顾他自个，根本就不管家。”

“这时候你看清他了？迟了！”老女人说，“当年人家来相亲，你一眼就看上了。我们不愿意把你嫁给他，可你倒好，犟得很，寻死觅活的，硬是要跟人家。你阿爸又没啥主意。结果你看，走到这个程度了吧！”

玉珍："阿妈，你就甭说啦，我又不知道人心会变得这么快！"

"那不是人心在变，那是有的人的本质就坏。"老女人说，"你看他今个这架势，就是要跟个来的意思。"

说着回看镇子外巨石上的男人，发现还顶着夏日的太阳，像秃鹫一样盘在那里，两人不再紧张，走路的速度就慢了下来。

老女人忽然问："两个娃娃还在前房大伯那里吗？"

玉珍："就是，听说他的大妈看着呢，见不到我，总是哭鼻子。"

老女人："他们再哭鼻子，你还是不能回去。你要强硬些，不要给他惯毛病！"

玉珍："知道了，阿妈。我就是心疼娃娃，他们跟着他，吃不饱，穿不暖，会受罪的。"

老女人："这罪得受。你心软了，他的心就硬了，你在他家里，就再也没有地位了。"

说话间，已经快出山谷了。这一段是上坡路，转身回望，视野更加开阔。

玉珍突然"哎"的一声："阿妈，他不见了！"

老女人也回头看，村外那块巨石上，果然没有了那个男人的身影。

镇子里，有鼓乐声隐隐约约地传来，断断续续时有时无的。

玉珍："他哪里去了呢？我有点害怕！"

"你被他打怕了！"老女人说，"估计回去看戏了，这戏要演完，天就黑了！"

## 五

在镇子外巨石上呆坐的男人，确实是菩萨保。

他在石头上坐了很久，屁股都被冻麻了，还是下不了该不该追上媳妇问个究竟的决心。

镇子里不间断地传来锣鼓声和二胡声，告诉他这出《铡美案》，还没到完全结束的时候。

他觉得自己和媳妇的婚姻，也还没到鱼死网破的时候。

“那秦香莲也要找到陈世美讨个说法，我也该追上她们问个究竟。”

他这样想着，暗暗地下定了决心。

他并不是专门来看秦腔的，而是借看戏之名来找自己的媳妇的。

他的媳妇，就是那个红衣女子——玉珍。

那老女人，正是他的岳母。

一个月前，他从外地打工回来，一进门，就把媳妇掀翻在炕，胡天海地地折腾起来。

两个年幼的孩子以为父母开始打架了，吓得哇哇大哭。

玉珍也很激动地接受了丈夫的安慰，也许因为两人都很投入，都累出了一身臭汗。

事后，菩萨保才打开随身挎包，掏出个黑色塑料袋，打开，是一叠红丢丢的钞票。

菩萨保数了三千元，递给玉珍：“挣得不多，只挣了六千，这三千给你，剩下三千，我留着。”

玉珍接过钱，吃惊地问：“你都出去快一年了，就挣了这么点？！”

“找不到活儿嘛！”

玉珍蹙起了眉头：“别人都两万三万地往回拿，你只挣了这么点，还要自己留一点，像话吗？”

菩萨保的脸上涌起了潮红，问：“你说啥？”

玉珍的声音明显小了下去：“你别留了，都给我吧，家里到处都用钱呢！”

菩萨保：“你嫌我挣得少了，对吧？”

玉珍低着头，不敢看菩萨保。

菩萨保：“我如果不留些，连手们来了，吃土呢还是喝风呢？！”

“你把那烟酒不抽不喝不行吗？”玉珍嘟囔了一句。

“你说啥？”菩萨保恼怒了，“不抽不喝，像个男人吗？”

“抽烟喝酒就是男人了？哪有这样的歪理！”玉珍感觉到自己快要哭了。

菩萨保一把抢过玉珍手里的钱：“不要算了，这可是我的血汗钱呢！”

玉珍隔着炕桌来抢被菩萨保抢去的钱，不小心竟刮破了男人的手背。

菩萨保把钱往空中一甩，顺手就给了玉珍一记耳光。

“啪——”

两个坐在炕里头的小孩，又被响声惊得尖叫起来。

“啊——”

“哇——”

玉珍捂住脸，呆住了。瞬间又反应过来，就不管不顾地扑向菩萨保，一边凄烈地号叫，一边伸手朝男人的脸上又撕又抠。

菩萨保抓住女人的两个手腕，一用劲，就把女人压倒在炕桌上。

玉珍想用腿踢，又被男人翻过来，面朝向了桌面。

菩萨保翻身骑在女人的腰上，把女人的双手反扣在背后，左手扼住，腾出右手揪住女人的头发，把女人的脑袋使劲往桌面上按。

玉珍的嘴唇一阵疼痛，牙齿啃上了桌面的油漆，想骂，却无法开口，只好徒劳地挣扎，发出“呃呃呃”的反抗声。

这时两个小孩扯着嗓子惊慌地哭叫，房间里已经乱成一团。

“甭哭！”菩萨保训斥两个孩子，“再哭我就揍你们！”

两个孩子张口结舌，眼泪和鼻涕流下来，流进了嘴里。

菩萨保问玉珍：“服不服？”

玉珍激烈地扭了扭身子，发出“呃”的短促的声音。

菩萨保：“看样子你还没服。我告诉你，男人的事，你一个婆娘家，少管！”

玉珍又挣扎了一下，动作有气无力的。

菩萨保：“服不服？说！服了我就放了你！”

玉珍不挣扎了，又发出“呃——”的悠长的声音。

菩萨保丢开女人的头发，跳下炕来，警惕地盯着女人。

玉珍仍然趴在桌子上，头一杵一杵的，好像在哭泣。

大一点的孩子爬到母亲身边，抱住母亲的头哭起来。

大的一哭，小的那一个，也跟着哭起来。屋子里又是两个孩子的哭叫声。

孩子们哭叫的时候，菩萨保弯腰拾起风马般撒在地上、炕沿上的钞票，拾掇干净了，又塞在挎包里。

看女人还趴在炕桌上一动不动，就背了挎包，出了院子。

## 六

玉珍在炕桌上趴了好半天，任凭两个孩子哭闹。

等孩子们停住了哭声，这才爬起身。

两个孩子一看母亲的面相，又惊慌地哭起来。

玉珍下炕照了照镜子，才发现自己的嘴上血红一片，仔细一看，竟是下嘴唇被磨破了。

伤悲涌上心头，禁不住流下泪来。

但她还是擦干了泪，做好了回娘家的打算，就开始收拾包袱。

这时想起男人挣来的钱，一看，一张都没有了，心里的伤悲又重了几分。

收拾好包袱，看着两个孩子，准备也带走。

两个孩子也圆睁着眼睛看母亲，渴望得到母亲的爱抚。

孩子们求助的目光，使玉珍冷静下来。

转眼一想，待在这里，就意味着向男人屈服了，所以这娘家还是要回的。

两个孩子，到底领不领呢？

想了好一阵，终于打定主意："不领孩子了，两个都放在家里，叫他也尝一尝带孩子的艰难！"

菩萨保出门，其实是到信用社存钱去了。

当他拿着存折返回时，感觉到心里头很是踏实。

但当他看到大门被反锁，院子里有孩子在哇哇大哭时，就知道自家的媳妇已经走了，那熄灭了的愤怒又爆发了出来，就搬起石头砸开了锁。

他估计女人肯定回娘家去了，就先把两个孩子寄放在前房的大伯家里，叮嘱大妈好好照看，而后反身回来，找了一根麻绳，踏上了去岳母家的路。

他准备把不听话的女人捆回来！

这时已经是黄昏了，路上没有一辆可以搭载的便车。

走了七八里，那愤怒也被山风给吹尽了，人也完全冷静下来，觉得这黑天黑地地去捆媳妇，总是不对的，还不如撇上两三天再想办法，于是又反身回来，一个人蒙头睡了。

没想到这事一撇就是半月。

这半月里，村里都知道了他女人回娘家的事，好事者就过来出主意。

有的要他置办些赔罪的礼品，去女人娘家请媳妇；有的说不用请，埋伏在娘家村口，等女人出现后，一麻绳捆回来就行了；有的说不急不急，过几天女人就想孩子了，自个就回来了。

还有人说再过半月，九里外的桑多镇上，就要演秦腔，到时女人们肯定会到那里去看戏，那时说不定媳妇早就想通了，领回来就行了。

菩萨保觉得这最后一个主意最好，就做好了在看秦腔时找回女人的打算。

但他还是心存疑虑："要是她不回来怎么办？也不能在人群里捆她吧！"

那人说："那你就带上你阿爸……留给你的那把刀子。"

那人说到菩萨保的父亲时，声音明显地停顿了一下。

菩萨保没觉察到这个停顿，他问："又不杀人，带刀子干啥？"

那人说："女人，光哄不成，还要吓唬。要吓唬，女人是最怕刀子的！"

果然，在看秦腔的这天，他找到了自己的女人。

他坐在村外的巨石上，眼看着自己的女人被丈母娘领着，走远了，那潜藏在身体里的焦虑，渐渐长大成一只野兽了，在吞噬着他的心。

太阳渐渐偏西，南山上的林木，被天上的灰色云团的黑影给遮蔽了，越发显露出厚重的色调，看起来很不舒服。

只有等待那云团在空中消散，南山林的美丽景色才能够尽收眼底。

在等待那团灰色云团消散的时候，他打定主意了："臭婆娘，你到底跟不跟我过日子？今儿个，我要问出个所以然来。"

他站起来，摸了摸怀里的那把藏刀，离开巨石，沿着两个女人的去路，撒开了步子。

他甚至忘记了要拍掉屁股上的两坨灰尘。

## 七

行走间，那太阳在不知不觉中就挨着了山头，孤独地挣扎了一会儿，还是无法抗拒滑下去的命运，终于发出一声轻微的叹息：“唉——”滚落到山的那头去了。

天空里，先前那些灰白色的云层，瞬间就燃烧起来，但还是渐渐地熄灭了火焰，逐渐扩大了阵容，那蓝天，不知在什么时候竟被它们给蚕食掉了，整个天空都变得灰蒙蒙的。

“快走吧，天快黑了！”老女人督促她的女儿。

玉珍：“奇怪，一辆车也没有！”

老女人：“都在看戏呢，戏散了，才有车的。”

玉珍问母亲：“阿妈，你说他会跟来吗？”

“不知道，”老女人说，“你男人的心思，你应该最清楚。”

“要是这么说，我估计他不会来的，他都不想理我了。”

老女人：“谁知道呢？他们家的男人，哪个是省油的灯啊！”

玉珍：“阿妈，你怎么这么说呢？”

老女人惊讶地看着女人：“你不知道他家的事？”

玉珍：“你是说他阿爸的事吗？”

老女人有点恼怒：“你以为我说谁？”

玉珍：“他和他阿爸不一样，他就是脾气大，两句话不投就动手呢！”

“就是嘛，龙养龙，凤养凤，瞎瞎（老鼠）养的爱打洞。”老女人说，“他阿爸就是个脏腑客，做事没轻没重的，你还指望他做事有规矩？做梦吧你！”

玉珍：“阿妈，人家阿爸都是过世的人了，你就别提了。”

老女人：“就是哦，死得不明不白的！”

玉珍：“他有时候说要给他阿爸报仇呢，就是不知道是谁干的。”

老女人：“谁干的？不是他阿妈的兄弟，就是他阿妈的相好。不用猜就知道的。”

玉珍：“到底是兄弟干的？还是那个相好干的？”

老女人：“你男人认为是谁勒死他阿爸的？”

玉珍：“他怀疑是他的舅舅们。他说只有亲兄妹关系的，才会下决心报仇。”

老女人：“这个很有可能。假如是他舅舅们干的，他怎么报仇呢？再怎么说，都是筋和肉的关系。”

玉珍：“阿妈，自从我成了他媳妇，他阿爸阿妈的事，听过些，不多。你能给我说说吗？”

“上一辈人的事，不说，最好。”老女人说，“不过，你和他都闹成今儿这个样子了，我估计，还是和他的那犟脾气有关系。他动不动就动手的臭毛病，大概也是因为他阿爸阿妈的事，让他变成这样子的。”

玉珍：“到底是怎么回事呢？”

老女人：“二十多年前，他阿爸是洛村里的大好人，学得一手木匠活，在这一带名声大着呢。因为活儿好，总让人们叫去盖房，一年四季，就很少待在家里。他的阿妈，本来也是个挺贤惠的人，坏就坏在了一件事上。”

玉珍问：“啥事？”

老女人：“她长得太好看了。女人，还是长得一般的好，太好看，有人就会打主意。老人们常说的红颜薄命啥的，大概就是这意思吧！”

玉珍急了：“阿妈，到底啥事嘛？”

老女人：“那年夏天，菩萨保的一个远方亲戚来寻他阿爸，说有重要的事。他阿爸正好去给人盖房，十天半月回不来，那亲戚就等了几天。等的时候，也帮着干点农活啥的。听说有一天，邻居去菩萨保家借东西，门开着，就进去了。一进门就听见上房里有娃娃在哭。隔着窗户一看，只菩萨保在炕上，蹬掉了小被子，露着个小屁股在哭闹。邻居很奇怪，走到了另一扇窗下。脚步声惊动了炕上的人。一看，他阿妈浑身光溜溜的，在寻衣服穿。她的旁边，躺着她家亲戚，也是光溜溜的，正瞪着大眼睛往外瞅。邻居一看，吓出一身汗，赶紧回了。事情传开的当天，那个亲戚就跑了。”

玉珍：“哦，那他阿爸也知道了？”

老女人：“这世上哪有不透风的墙？听说他阿爸是最后一个知道的，一知道，就气得半死。先把媳妇狠狠揍了一顿，第二天，提了刀子，远天远地地去寻那亲戚算账，那亲戚早就不在家里，说是一回来就走了，再也没回来，家里人也在焦急呢。他阿爸没好意思说媳妇和亲戚的事，嫌丢人，又回来了。从此不再外出干活，整天喝酒，喝醉了就打媳妇。那一阵子，菩萨保的阿妈也出来干活，拔田，担水，饮牛，总是鼻青眼肿的，走路也一瘸一拐，看起来受了很重的伤。”

玉珍：“那后来呢？”

老女人：“后来？有一天，他阿妈出来担水，把桶扔了，也跑了。他阿爸听到了，提了刀子就去追，追到丈人家，闹得鸡飞狗跳的。”

玉珍：“阿妈，不说这个事了，一说我就脊背发凉。”

老女人：“那是太冷的原因。你看，天色都麻乎乎的了。”

## 八

身边的世界，的确变得麻乎乎的了。

但还是能清晰地分辨出哪是路，哪是山，哪是石，哪是树。

路越走越窄，窄到只能容得下一辆小车的样子时，就知道离自家的村庄已经不远了。

这时候，母女俩悬着的心，都平稳地落到实处了。

玉珍："阿妈，我知道了。"

老女人："你知道啥了？"

玉珍："女人没有走到绝路上，是不会另走一条路的。"

老女人："就是，他阿妈真的走到绝路上了。"

玉珍："他阿妈为啥要找相好呢？"

老女人："不清楚，可能是逼迫的，也可能是自愿的。谁知道呢！"

说到找相好，玉珍心头一紧，忽然就想起了菩萨保。菩萨保给她钱时，要私留三千。

这三千，他要干什么？抽烟喝酒？农村人用的都是一般的烟酒，恐怕要不了那么多，买几条烟，再买两三箱酒，最多也就花去一千多。

那余下的钱他要干啥？莫非他也有了相好？要给相好买东西？这问题从未想过，而今这样一想，就觉得自家的男人有找相好的可能。

玉珍问："阿妈，你说他会找相好吗？"

"谁？"

"就他嘛，菩萨保！"

"他没那个胆吧？不过，"老女人说，"他阿妈有找相好的毛病，这毛病，不会像先人的血那样，也在他身上流吧？"

玉珍见母亲说得犹犹豫豫的，心里更没底了。

又想起菩萨保刚回来那天对待自己的样子，就觉得自家男人找相好的可能性太大了。

“那他真的找了相好怎么办？”

“怎么办？”老女人说，“那你就把他戳死，就像他阿爸对待他阿妈那样！”

“他阿妈是他阿爸戳死的？”玉珍很是吃惊。

“你不知道？”老女人说，“我也是听别人说的。走乏了，我们歇一会儿吧！”

两人就背靠背坐在路边干枯的草坎上。

天色比先前更暗了，南风吹拂着山上的林木，发出嘘嘘的声音。

有几滴小小的雨滴被风斜，打在了脸上。

“阿妈，要下雨了！”玉珍说。

老女人：“是该下一场了，到处都是尘土，到处乱糟糟脏兮兮的。”

“他的阿妈真的是他阿爸用刀戳死的？”玉珍问。

“就是，他阿爸到丈人家一闹，丈人就交出了自家的丫头。回来的路上，他阿妈乘男人不防，打晕了男人，转身又跑了。大概打得轻，男人醒过来，满山满洼地追，追上了，戳了自家媳妇一刀，谁想就给戳死了！”

“那他阿爸就没进班房子？”

“没进，听说两家人都请了人，有寺院里管事的，有村里专门调节关系的，准备赔钱私了。没谈拢，就散了。过了两天，菩萨保他阿爸就叫人给勒死了。”

“阿妈，不是说佛祖会保佑世上所有人的吗？”玉珍问。

“唉——”老女人长叹一声说，“佛祖只会保佑信佛的人。”

“他阿爸不信佛？”

“信的话，就不拿刀子去杀人了！”

玉珍想了想说：“阿妈，我现在觉得他很可怜，我也可怜，我们都可怜！”

“他才不可怜呢，可怜的是我们娘俩。”老女人说，“不，这么说还不对，可怜的是我们做女人的！”

忽听有人在远处说：“你们两个说的，都不对！”

## 九

灰蒙蒙的道路上，一个黑瘦的卷发男人直直地走了过来。

“阿妈，是他！”玉珍惊叫起来。

老女人：“我知道是他，一直都知道。除了他，不会再有别人。”

走来的男人，确实是菩萨保。

“阿妈，要跑吗？”玉珍紧张地问。

“跑啥呢，迟早得面对。”老女人说。

菩萨保走到离两个女人三四步远的地方，微微偏着头，转动着眼珠，一会儿审视岳母，一会儿观察妻子。

玉珍被盯得发毛，站起身锐声问：“你想干啥？”

菩萨保：“干啥？你以为你把两个孩子撇到家里，就大吉大利了？”

老女人坐在草坎上，仰着脸说问：“那你到底想干啥？”

菩萨保：“阿妈，我来请你的丫头回去啊！”

老女人：“哪有这样子的请法？”

菩萨保笑了：“哦，阿妈的意思，是得请个八抬大轿来？”

老女人也笑了：“八抬大轿？哼，那排场，量你也请不来。”

菩萨保：“在阿妈的心里，我啥都做不成的，这我一清二楚。”

玉珍急了："你就甭跟阿妈争了，都过去一个月了，你还没想清透？"

菩萨保："有啥可想的，我又没有错。"

玉珍："那些钱你不给家里留一分，你还说你没有错？"

菩萨保："我都存到信用社了，在存折上呢，写得清清楚楚的。"

玉珍："你就骗人吧，说不定你早就和你的狐朋狗友们花得干干净净的了！"

菩萨保："我挣的钱，我花点不成吗？就说我花完了，你还能把我怎么样？"

老女人听得着急，也插了一嘴："你这就是个败家子的做法！"

菩萨保："哎，阿妈，你这话就错啦，就说我是败家子，败的也是我自个的家，与你没啥相干吧？"

老女人："我可不愿意我女儿跟着你受罪！"

菩萨保："她受罪？我在外头拼死拼活的，她在家里只是喂个猪种个药材啥的，还受罪？我看她才在享福呢！"

玉珍气得骂起来："你不要胡说，我又拉娃娃又养猪，又种当归又犁地，都累得半死不活的，你还说这样的话，你的良心是不是叫狗给吃了？"

菩萨保的脸色显得更黑了，他逼近玉珍。

玉珍往后一退。菩萨保伸出左手，一把攥住了玉珍的胳膊。

玉珍使劲一甩，没摔脱，疼得骂起来：

"放开，你这个有人养没人教的！"

菩萨保一听这话，扬手就给玉珍一巴掌："我就有人养没人教，怎么啦？！"

老女人一看女儿被打，起身来拽菩萨保的胳膊。

菩萨保一甩手，老女人就跌倒在地，手上、屁股上沾满了泥。

玉珍见母亲被甩倒在地，也急了，抬手就撕菩萨保的脸。

菩萨保没防备，左颊上顿时被抓走几道皮，血也从抓痕处渗出来，红兮兮的一片。

菩萨保恼羞成怒，左手揪住玉珍的头发，右手啪啪啪地朝女人的脸上掴。

女人急得用脚乱踢，男人一甩手，女人就跌出路基，翻倒在旁边的空地里，也裹了一身的泥。

老女人爬起来，扑过来咬住菩萨保的腿子。

男人疼得大叫起来，就朝老女人的头上擂了几拳，老女人瘫软在地，再也爬不起来。

菩萨保放倒了老女人，转身要看妻子的状况，还没看得明白，只听得耳边风声响，脑袋就被什么坚硬的东西给击中了，顿时头晕眼花，差点倒在地上。

仔细一看，认得是块狗头石，知道自己被暗算了。

原来玉珍见母亲被打，愤怒中从地上摸到了石头，想也没想就砸在了菩萨保头上。

见男人被砸竟然不倒，就惊呆了，不知道下一步该怎么办。

菩萨保趔趔趄趄地走过去，再次用手揪住玉珍的头发："哦，胆子大了，敢打，敢打，敢打男人了！"

话没说完，头发里头就流出鲜血，顺着脸颊，淌进了领口。

玉珍见男人头上血流如注，傻了，瓷着眼，一句话也说不出来。

"我在路上，就听见你们说，说我父母的事。你们说的，不对。"菩萨保边说边用一只手捂住流血的地方，"我阿爸，是男子汉。女人，不听话，就该打。女人找相好，也该打。女人想管男人，也该打，不打不成。"

身后传来老女人的声音："对，就你阿爸那样的男子汉，戳死了你阿妈，你阿爸真厉害哪！"

菩萨保扭过头，看到老女人坐在泥里，披头散发的。

菩萨保："是不是男子汉，你们女人说了，不算，我做儿子的说了，算！"

老女人捶打着胸脯哭喊："我真的瞎了眼，把丫头给了你这个畜生！"

菩萨保："我是畜生？我比你们明白事理。"

老女人："你明白个屁！"

"我就明白个屁。"菩萨保笑了，"我明白人活一世，该花的就得花，该吃的就得吃，该享受的就得享受。你们，活得就像仓鼠子，尽往窝里拉东西。你们想吃几辈子吗？下辈子，转世成啥都不知道。"

老女人不哭喊了，坐在那里听。

## 十

菩萨保："你们光知道攀比，眼红，骂男人没出息，挣不来钱，活不过人。你们就有出息吗？活过别人了吗？"

菩萨保说到气头上，手下就给了劲，玉珍发出疼痛的声音。

菩萨保："用嘴给你们讲道理，你们不听。用拳头讲道理，你们才听。啥世道嘛！"

老女人："你再别揪着玉珍的头发了，你看她都傻了！"

菩萨保："我偏要揪她头发，她傻了才好。不傻，我就弄死她。"

嘴里说着，手却放松了。

转过身，面对着老女人。只听"当"的一声响，一个物件从菩萨保怀里掉在路上。

老女人一看，竟然是把刀子，失声惊叫：

“你拿把刀子，要干啥？”

菩萨保弯腰拾刀，那刀却被身后的玉珍抢走了。

他刚转回身，就发现玉珍已经拔出了刀子。

他咧开嘴笑：“哦，还真的翻天了，敢杀男人了。来，我给你当靶子，你戳吧！”

谁知玉珍真的动了手。

第一刀就插在了菩萨保的心口上。

刀子被拔出，又插进了胸膛。

刀子又拔出，插进了脖子。

菩萨保仰面倒在地上，看着玉珍说：“哎，臭婆娘，你还真戳啊？！”

只说了一句，就再也说不出话来。

老女人见菩萨保已经被女人戳倒在地，大叫：“别戳了，别戳了，再戳就出人命了！”

哪知女儿就是不停手，还攥着刀在男人身上乱插，这才发现女儿形同鬼魅早已疯癫，一时就被女儿的模样给彻底吓傻了。

不知何时，雨大了起来，打在山上、树上、路上，溅起了泥土，整个世界处在一种扑鼻的腥味中。

桑多镇的戏场上，那秦香莲经历了千辛万苦后，终于在包青天那里告倒了陈世美。

虎头铡高高地抬了起来，披头散发的陈世美被一个彪形大汉塞到铡刀下，他那白净的脸膛，瞬间就变得寡黄，被锦袍裹着的躯体，也不自禁地颤抖起来。

# 喇嘛代报案

## 一

故事先从桑多镇的后镇长说起。

这一天，他正在办公室里发呆，听到几下胆怯的敲门声。

他猛地站起来，不小心碰翻了身后的椅子。

这时，敲门声停止了。

那人似乎是在静听门内的动静，也许听到了后镇长在慌乱中发出的声响，那人又敲起门来，这次的声音是坚定的，不慌不忙的。

后镇长最近动不动就发呆。原因嘛，既和无穷无尽的工作有关，又和媳妇的唠唠叨叨有关。

如今乡上的工作都围着老百姓的生计转，乱如细麻，理不清，也不好搞，更搞不完。

媳妇是个文盲，不懂也不关心国家政策，肚量又小，净盯着蝇头小利，又熟知自家男人的脾性，镇长这顶官帽的光环在她眼里早就暗淡了许多，因此不是很支持男人的工作。

这些破事，使年过四旬的后镇长越来越难以招架，走神，发呆，就是常有的事了。

因此，当敲门声打断了那无奈的走神时光时，后镇长很懊恼。

他阴着脸，压着嗓子说：“进来！”

进来的是二十多岁的矮个青年，猴子脸，一头卷发脏兮兮的，一身宽大的迷彩服，也是脏兮兮的。

“干啥？”后镇长掩饰不住对矮个青年的厌恶。

矮个青年用小小的眼睛盯住后镇长，含糊地说：“报案。”

“报案”两个字，把后镇长惊得跳了起来：“哪里发生案子了？”

矮个青年说：“还没发生呢！”

后镇长又恼了：“没发生你乱说个啥？你就甭婆烦我了！”

后镇长本来就心烦意乱的，矮个青年这么一添乱，就没了镇长的架势，连“婆烦”也用上了，意思是你就别像阿婆们那样来烦人了。

矮个青年说：“这事你不管，它就快发生了！”

“那你说说看。”后镇长从办公桌抽屉里取出黑皮笔记本，“你说，我记下来。”

矮个青年犹豫了一下：“能不能叫我坐下了说？”

后镇长这才发现，自己的行为确实不是镇长对待群众才有的行为，忙指着斜对面的三人沙发说：“好，坐下说，坐下说。”

矮个青年落在沙发上，只担了半片屁股，皱着眉头对后镇长说：“我想来想去，觉得这个案不报不成。”

后镇长打断了他的话：“你是哪个村的？叫啥名字？”

矮个青年缩了缩脖子，挠了挠头，这才说：“我是镇上的，名叫喇嘛代。”

二

桑多镇下辖桑多村、洛村、秋古村、达扎村、隆多儿村等五个行政村，因为镇政府所在地在桑多村，所以人们都把桑多村也叫桑多镇。

桑多村的人不说自己是桑多村的，爱说："我是镇上的。"有点自傲的意思。

镇上既然有藏族，汉族和回族，由于民风民俗和生活方式的差异，居民之间必然动不动就发生摩擦，年年都有民事纠纷。

想到这些，后镇长就明白，说是案子，其实肯定不是案子，仅仅是村民之间的小冲突，不是什么要事，但在镇政府的工作范畴内，管还是得管的。

后镇长："那好，喇嘛代，你说说，你要报啥案子。"

喇嘛代："我想杀人！"

后镇长吃了一惊，随即就释然了。

在桑多镇，不知有多少群众在乡干部跟前说过类似的话了。

这是句气话，说这话的目的，仅仅是发泄心中的愤怒和痛苦，却很少有真杀人的。

后镇长饶有兴趣地问："你想杀谁？"

喇嘛代看了看后镇长，又将眼光移到对面的墙上，盯着墙上的一个黑斑，咬着牙说："我想杀了那个阴阳家！"

后镇长问："哪个阴阳家？"

喇嘛代说："就那个李根旺！"

一提李根旺，后镇长就笑了。

桑多镇管着七个行政村，每个村里都有一些所谓的厉害角色，比如算命的能人，堪舆的阴阳家，制作佛像的画家，教书的先生，劝和的说客，还有打架的高手……正是这些厉害角色，成为乡干部最头疼却又最离不开的人。

李根旺是继承了父亲的衣钵，当上阴阳家的，算是世袭了。据说他在看风水方面，比他老子厉害，这几年生意比较多，慢慢地，竟成了一个人物。人们提及他，都不敢叫名字，敬畏地称为“阴阳家”。

后镇长：“说说，你为啥想杀他？”

喇嘛代：“他家屋顶的天水，总是流在我家院子里。我给他说了好多次，他就是不听。”

后镇长一听这理由，想笑，想起场合不对，就硬生生地正了神情。

干了多年乡下的工作，后镇长处理过太多这样的事。

他知道，像喇嘛代这样因事烦心不讲方法的人，在村子里，一抓就是一把。

他们一旦有事，总喜欢找村长，村长解决不了，就找镇长。找的过程，就是诉苦的过程。诉说完了，也就发泄完了，问题也就解决了。

无论村长还是镇长，能替他们解决问题最好，解决不了，最好长两只善于倾听的耳朵，也就行了。

所以，后镇长立刻竖起耳朵：“说说，还有啥事？”

喇嘛代奇怪地问：“这事还不大吗？你不知道，一下雨，满院子都是水，走都走不成！”

后镇长：“一下雨，谁家院子里没有水？”他佯装生气，“我以为是啥事情逼你动手动刀子，原来就这破事啊！”

喇嘛代一看镇长生气了，忙解释道：“你不知道他那个球样子，给他说事情，他爱理不理的，叫人生气得很！”停了停，又补充道，“这口气咽不下，我真的想杀他呢！”

后镇长看了看喇嘛代的脸色。那脸色有些黑，有些扭曲，似乎脸的主人确实处在愤怒中。

于是安慰说："你就甭生气了。你说的事情我知道了，抽空我去去阴阳家，劝劝他。"

喇嘛代一听这话，脸色顿时活泛了，站起身，过来要拉后镇长的手。

后镇长看到对方伸出的那双手黑黝黝的，忙把自己的手背到身后："那就这样吧，我这还有事呢！"

喇嘛代尴尬地缩回了双手："这事，就拜托镇长了，你一定要操心啊！"

后镇长："你就把心放在肚子里吧。"

见喇嘛代要离开，又叮嘱道："你可不能胡想，也不能胡做啊！"

喇嘛代诺诺连声，退了出去。

## 三

三天后的上午，后镇长苦着脸，坐在办公室里等来自洛村的消息。

这次他又发了很长时间的呆，因为洛村的一个三格毛生了第三胎。

后镇长听了分管洛村的干事刘二毛的汇报后，命刘二毛和另外两个干事去办因超生而罚款的事。

刘二毛把洛村的藏族，都叫三格毛。当然这也不是刘二毛自个发明的叫法。

洛村的村民，据说祖先来自西藏，那已经是元代的事情了。几百年后，变化越来越大，穿着打扮随了当地温湿的气候，不再穿厚重的皮袄了。男人喜穿汉服，女人则把头发编成三根粗黑油亮的辫子，发辫上佩挂圆形的银制品。身着蓝色、红色或绿色的大襟长衫，两边开衩，外穿色彩对比强烈的短夹，短夹镶了锦边。腰里，则系一条锦绣宽腰带。下身大多穿红色裤子，脚穿绣花鞋，那花艳丽，也开在了观赏者的心头。语言，也随了汉族，一般场合，都说汉话。因为洛村的女人都爱留三根粗辫子，所以叫三格毛。叫着叫着，叫顺了，没有啥抬高或贬低的想法，只有一个意思：藏族女人！

后镇长也是藏族，他的母亲和姊妹，都是三格毛。

所以当刘二毛给他期期艾艾地汇报情况时，他一下子就蒙了：若是汉族妇女超生，他就出面，拿政策办事，但这藏族妇女超生，作为同一民族的人，自己确实不好亲自出面，所以只好派三个干事去。

等了半小时，那电话终于来了：对方不配合，要杀人呢！

刘二毛说，要杀人的是那个三格毛的丈夫，名叫五十九。刘二毛他们去了三格毛家，连上院都没去，只站在下院里，对三格毛的公公——一个满脸皱纹的黄脸老人，念了一段乡上开的罚款通知。还没念完，一个红脸大汉就从堂屋里冲出来，手里攥着一把豁了牙的板斧，一个劲地嚷："还让不让活了？我要劈了你们这些土匪！"大家认得是五十九，顿时吓得呆住了，失了逃跑的本能。幸亏那黄脸老人拦住了那凶神恶煞的儿子，大家这才从下院里撤出来，站到巷道口，进也进不得，回也回不得。没办法，这才给后镇长打了求救电话。

后镇长愣住了，禁不住自言自语："这些人为啥这么难缠呢？动不动还想杀人！"他知道刘二毛他们一去，事情肯定不会那么顺利，不承想竟这么不顺利，对方的反抗也太强烈了吧！

正手握话筒不知如何处理的时候，听到了一阵敲门声。

他不想让敲门声打断电话，就对着话筒喊："那你们先回来，我给武书记汇报汇报再说。"

## 四

刚扣下话筒，门就被人推开，进来一个瘦高个男人，年纪在五十左右，戴一副椭圆形的茶色石头镜。

那人用脊背关了门后，就毕恭毕敬地朝后镇长鞠了一躬："镇长大人，您在啊！您不认识我了？"

后镇长看了对方半天，猛然想起对方，忙过去握住对方的手："啊呀，李老先生，我怎么能不认识呢？我正想到你家里，拜访拜访你呢！"

来人正是喇嘛代想杀的阴阳家李根旺。

李根旺从口袋里摸出一盒烟，抖抖索索地抽出一根，敬给了后镇长。

后镇长一看，是一盒八块钱的紫兰州，不好拒绝，就勉强接了。

李根旺急忙拿出火柴，刺的一声划着，将火苗凑近后镇长。

后镇长偏过头点了烟，长吸了一口，吐出一股浓烟，感觉像吐出了刚才接电话时的不快，这才对李根旺说："坐，坐。"

李根旺小心翼翼地坐下来，往后靠实了脊背，有点正襟危坐的样子。

后镇长觉得坐在沙发上的李根旺，就像一捆长而干硬的木头。

李根旺："镇长大人，我找您来，是有件事的。"

后镇长："你直说无妨。"

李根旺："我到这来，是想报个案。"

后镇长心里又是一惊，怎么又是报案的？问道："你想报什么案？"

李根旺："我们村的喇嘛代你知道吧？"见后镇长点了点头，就接着说，"那二杆子这两天在村里到处放话，说要杀了我呢！"

二杆子是桑多一带骂人的话，专指那些不务正业、举止轻浮的青年。若是中年人也这样，就在称谓前加一个"老"字，变为"老二杆子”，还是骂人的话。

后镇长：“这事我知道。他到我这也来过，一直嘟囔着要杀你呢！”

李根旺：“他来过了？那您怎么答复的？”

后镇长：“他说的是气话嘛，我只好好好劝慰他了。”

“那他什么态度？”

“还有什么态度？听了我的劝，走了！”

李根旺长吁了一口气：“那就好，那就好，有您出马，就没啥麻烦了！”

后镇长：“话也不能这么肯定。我听说问题都在你那呢，对吧？”

李根旺连连摆手：“我的镇长大人，话不能这么说。恶人先告状，就占了三分便宜。问题其实还在他身上。”

后镇长：“你家的天水都淌在人家院子里，还说人家有问题，有啥问题呢？”

李根旺：“不就是几滴天水嘛，值得那二杆子这么大动干戈吗？”

后镇长笑了，李根旺对喇嘛代这么评价，也就表明了自个的态度：他对喇嘛代很不感冒！

后镇长：“我看这事不是几滴天水的问题，是思想认识的问题，是如何处理邻里关系的问题。”

李根旺忙：“对对对，您说得对。”

后镇长：“你承认我说得对，就应该把你屋顶天水的通道给改一改。改到别处，问题就解决了。”

李根旺为难地说：“改不成啊，我的镇长大人。一改，就破了我家的风水了！”

后镇长恼了，话也冲起来：“风水个屁！你讲风水，人家就不讲风水？”

李根旺忙站起来解释："我看了，那水到他家院子，聚财呢！"

后镇长揶揄李根旺："你的水淌到他家，你不就折财了？"

李根旺："风水上没这种说法。"

后镇长想继续批驳对方，桌上的电话又响起来。一接，是刘二毛。

刘二毛说："后镇长，我们按您的吩咐，离开了洛村，那个五十九一直追到路口，骂骂咧咧的，还扬言要到镇政府里来闹呢。我们要不要给派出所说一说？"

后镇长本来就被李根旺惹动了火气，这时那火已在肚子里烧了起来："这是你该管的事吗？你们都回来！"

说罢哐地扣了电话，惊得李根旺跌坐在沙发上。

李根旺讨好地问："又发生啥事呢？您可要保重身体啊！"

后镇长没好气地说："你先回去。我给你刚才说的，你可要好好想想。"

李根旺："你不想整治整治那小子？"

后镇长："整治谁？"

李根旺："就喇嘛代那二杆子！"

后镇长："人家告你，是有理的，我怎么整治人家？我只能劝你，劝他，不要为屁大的事闹得鸡飞狗跳的。"

李根旺很疑惑："那我这就走了？"

后镇长："走吧，走吧，等我哪天有空，把你们两家叫到一起，好好调解调解。"

## 五

说是要好好调解调解，后镇长却没有时间好好调解。

他的时间哪去了？用在调解五十九超生的事情上去了。

刘二毛去给五十九罚款，结果遭到激烈反抗。

反抗的结果是：后镇长只好自己出马了！

后镇长带人去了洛村，没去找五十九，径直去了村长家。

村长四十来岁，精壮，沉稳，煮了一块腊肉熬了一大壶茶招待后镇长一行。

后镇长却没心思吃，只问村长："这个名字古里古怪的人，敢顶撞乡上干部，到底是怎么回事？"

村长说："他阿爷五十九岁上才有了这个孙子，所以名字叫五十九。这人其实是个好人，就是娶错了婆娘。那婆娘也是好人，就是嫁错了男人。"

后镇长觉得奇怪："你这话是啥意思？"

村长介绍说，两个好人走在一起，本来就是对的事，错的是两人是亲戚，是姑舅关系。这不，结婚之后，两口子挺恩爱的，不到两三年时间，就接连生下了两个娃娃，一个儿子，一个女子。不过，儿子是痴呆，女子是哑巴。这下，一家人都急了，先是找大夫。大夫说，只有两条路，一条，两口子把婚离了，各自重建各自的家。另一条，再甭生了，腻着过日子算了，再生也会生个嘴斜眼歪的。五十九一听，不高兴了，把那个大夫揍了一顿，又去找阿古。阿古算了一下，说大夫说得对，你们的后人没有清透的。五十九不信，找了个串街走巷的郎中。那郎中说有办法，拿出了个土方子，叫五十九的婆娘吃了几次。后来就怀上了。这不，就生了。还没出月，你们就罚款来了。

后镇长："五十九家里经济情况好不好？"

村长："好个啥？人家都出门打工去了，就他们两口子窝在家里。这也是没办法的事，你想想，儿子痴呆，丫头哑巴，都离不开人的照顾。而今只有打工才能挣着钱，靠务弄那几亩地，不顶事的。我给他家报了一个低保，五十九还闹着再要一个森林管护员的指标呢！”

后镇长：“那这事就不好办了。”

想了想，又问村长：“你看这事咋办好？”

村长：“我想，罚款，还是要罚的。不罚的话，你们的工作无法做。我看不如这样，罚款数额，按乡上定的最低限度走，分三四次收，两年收一次，三年收一次，都成。这样，五十九也能接受，收款时也容易些。你看行不行？”

后镇长：“办法倒是好办法，就是保不定那家伙还要生个五胎六胎呢，前面的地都没犁完，后面的地可就荒了。”

村长：“我估计这第三个一生，他就再不生了。你们不是叫我们相信科学吗？我还是相信的。”

后镇长明白了村长的意思，告辞出来，去了五十九家。

## 六

五十九正在院子里磨那把板斧。

见后镇长几人进来，眼皮也不抬，手上加了劲，磨得更给力了。

还是那个黄脸老汉出来，迎接后镇长一行到了上院。

后镇长摆摆手：“你儿媳妇刚生了，我们就不进屋里了，进了，会冲的。我们就在院子里坐一会儿吧。”

黄脸老汉赶紧搬过来一张破旧的方桌，又配了两条瘦长的板凳。等后镇长他们坐定，又要去倒茶。

后镇长：“不麻烦了，不麻烦了。我们来，是商量事情的。”

五十九一听商量这个词，就停了磨刀的动作，但还是不看后镇长他们，只看那把板斧。

后镇长：“你们家的情况，我们都了解了。我们知道，你家的情况，和别家不一样，有很大的难肠。”

一听后镇长这话，五十九才扭头看来的几个人。

当目光落定到后镇长身上时，后镇长偏不看他。

后镇长说的“难肠”，指的是想说给别人听别人又难以理解的伤心事。

黄脸老汉一听，眼眶都湿了：“就是，就是，难肠大着呢，都不敢给你们说。”

后镇长：“有啥不好说的？你们有困难，就应该对我们说的。我们这些干部，就是来给你们解决问题的。”

刘二毛掏出一个本子，拿出笔，要记后镇长说的话。

后镇长低声骂道：“记屁呢，收回去！”

刘二毛红着脸收回了本子。

后镇长又说：“但话又说回来，国家规定，我们这里的农民，只能生二胎。过了这个数，就是超生，就是违反了国家法律，按规定，是要罚款的。”

黄脸老汉看了看后镇长，又看了看他的儿子。五十九不看他老子，只看着后镇长，却不表态。

后镇长对黄脸老汉说：“这样吧，我先想办法解决你们家的大问题。我给你们争取两个指标：一个森林管护员，每年给八千元工资；一个卫生保洁员，每年给三千元工资。这两个指标，一个是你的，一个是阿婆的。哎，阿婆在不在？”

黄脸老汉对着后镇长他们连连鞠躬：“在呢，在呢，在伺候月婆子着呢。”

后镇长忙起身扶住黄脸老汉："老人家，你再甭鞠躬了，我们可受不起。"

沉默了半会儿，又说："不过，超生要罚的款，还得罚。你们家超生的原因比较特殊，这样吧，我们就按国家规定的最低的限额来罚。"

扭头问刘二毛："你是计划生育专干，你最清楚，他们家这情况，最低限额是多少？"

刘二毛说："最低要一万五。但前两胎生了残疾人的，再超生，最少也得罚八千。"

后镇长问黄脸老汉："那就罚八千元，你看行不行？"

黄脸老汉未搭腔，只是拿眼看五十九。

五十九拭擦着斧刃上的石泥，脸上的表情发生着轻微的变化，起先是怀疑，而后是惊喜，之后正了正神情说："八千就八千。不过后镇长，你可要说话算数，两个老人享受森林管护员和保洁员的事，你不能给我放烟幕弹。"

后镇长这才扭头看着五十九："我是镇长，说过的话，就是吐出的痰，我不会又吃回去的。"

五十九把板斧丢在一边："那就好。"

又给黄脸老汉说："赶紧给镇长们把茶倒上。"

黄脸老汉要进屋去拿茶杯，后镇长制止道："茶就算了。这罚款，你们是一次交清，还是分两三次交？"

五十九："我凑凑看。能凑齐的话，就一次交清算了。"

后镇长："那就这样了。我们还有事，先走了。"又对五十九说，"你和我们的小刘保持联系，钱凑齐了，就交给他。"

五十九和刘二毛就答应了。

告辞出来，一行人走到村口，回头一看，五十九和黄脸老汉还站在门口张望着。

一股旋风过来，跟了他们老半天，又无聊地消失了。

## 七

后镇长在洛村处理超生事情的那会儿，喇嘛代又到镇政府来找后镇长。

后镇长不在，喇嘛代只好去寻另外能管事的。恰好镇党委书记在。

这次，喇嘛代没敲门，他忘了书记的姓，只好站在书记门口喊："领导在吗？领导在不在？"

书记姓武，汉族，是从军队上下来的，五大三粗的，不像个书记，倒像个屠夫。

武书记正开着办公室的门，品他朋友带来的铁观音，一听有人喊，就拉开门吼道："喊球呢喊，再甭球喊了，进来！"

人们都说，武书记面恶心善，千好万好，就是一点不好。哪不好？说话不好。

武书记有个口头禅——球，说啥事都要带个球。在正儿八经的场合讲话，倒没事，因为念的是发言稿，不会念出球字。但只要在小场合做即兴发言，就满嘴带球，听着很不舒服。不过，时间长了，大家也就习惯了，书记讲话不带球字，倒觉得不舒服，武书记也就不是武书记了。

喇嘛代被武书记的粗声大嗓给吓住了，既不敢喊也不敢进。

武书记只好朝喇嘛代招手："进来进来，还愣啥？叫的就是你。"

喇嘛代这才进到书记办公室里，却竖在沙发旁，不敢坐。

因为家属在县上，武书记只能长住在镇政府里。后镇长的家离乡上很近，安排办公室时，就给了个单间。武书记的，却是套间。里间住宿，外间办公，会客。住着住着，办公室就成私人的房间了。本来里间放的物什，被挪到外间，外间的东西，像长了腿，总是出现在里间。

喇嘛代之所以不敢坐，一来是见了大嗓门的书记，有些犯怵。二来，那沙发上正好堆着黄底红花的被子，总不能坐在被子上吧。

武书记发现了喇嘛代的窘态，就把被子搬到里间。出来时，已经倒了一杯茶，搁在喇嘛代面前。

喇嘛代顿时感觉到武书记的好，鼻子有些发酸。几天前他到后镇长办公室去报案，后镇长似乎理都不想理他，就更不说倒茶的事了。

这样想着，就觉得对后镇长十分的生气了。

当然，生气的原因，还有另一个：他已经报案好几天了，后镇长说是要调解，就是没有任何动静。

这不，实在等不及，就又来了。

武书记见来人坐在沙发上走神，就问道："都是个家人，你甭拘束，啥事就说。"

"个家人"就是自家人的意思。

喇嘛代一听武书记这样称呼他，心里暖洋洋的。忙说："就是就是，都是个家人。那我就直说了，我是来报案的。"

## 八

"报案？"武书记也像后镇长那样吃了一惊，但却没跳起来。

他很纳闷：报案，应该到派出所去，跑到乡上来干什么？

但他没说出自己的想法，只是感兴趣地问："哪里发生案子了？"

喇嘛代："还没发生，快发生了！"

武书记的声音立马高起来："你这说球子啥话吗？快说，到底是怎么一回事？”

喇嘛代：“阴阳家的天水在我家满院子淌着呢。给他说了，他不管。给后镇长说了，后镇长到现在还没管。你们乡上到底有管这事的人吗？”

武书记被喇嘛代的这番话搞到了云里雾里，半天没弄清楚。他要求喇嘛代从头到尾说说。

喇嘛代前言不搭后语地说了老半天，才使武书记明白了事情的来龙去脉。

武书记：“球大的事情，至于你这样三番五次往镇政府跑吗？这事你给村长一说，村长一解决不就行了？”

喇嘛代本来还指望武书记出面解决问题，一听这话，又蒙了，哭丧着脸：“村长能解决吗？芝麻小的官，啥事也弄不来！”

武书记生气了：“村长官再小，也是我们共产党的官。是共产党的官，就会替你们解决问题。有啥问题是不能解决的？你说！”

说到激动处，双手发抖，竟把茶杯里的水都抖了出来。

喇嘛代也激动起来：“你们不解决，我自己解决。”

武书记：“阿球啦，你想怎么解决呢？”

喇嘛代：“我给他白刃子进红刃子出，放倒不就成了？”

“哟，你还想杀人？”武书记真的翻脸了，“癞肚子扛个球，还想充当儿子娃娃呢！”

一听武书记把自己比作“癞肚子”，喇嘛代就坐不住了。

癞肚子就是癞蛤蟆，因为其丑陋又肮脏，是桑多镇人最见不得的东西。

他猛地站起来，也说起粗话：“不球管了算了，我自己想办法。”

转身，把门一甩，走了。

武书记气得浑身发抖，赶忙追出来，朝着喇嘛代的背影喊：“尕球娃，不能胡做啊！过两天我们就来调查你们的事。”

但那背影倔强得很，竟不回头，自去了。

武书记返回办公室，给后镇长打电话。

武书记：“后镇长吗？你在哪？”

后镇长：“哦，书记啊，我刚处理好洛村的事，正在回来的路上。”

武书记：“先别说洛村的事，说说有人准备杀人的事。”

后镇长：“谁想杀人？”

武书记：“球尕娃的名字没顾上问，刚才还在我办公室发火呢，说是到你那里报过案，有这回事吗？”

后镇长：“哦，我记起来了，是镇上的喇嘛代，说是要杀阴阳家李根旺呢。”

武书记：“这事你怎么不重视啊？要是真的出了人命可就不得了了！”

后镇长：“怎么不重视啊书记，我已经把李根旺劝了一回，就准备调解呢。”

武书记：“那就好，你今天下午就去了解情况，把问题处理掉。”

后镇长：“哪还等到下午啊，我现在就去。”

## 九

喇嘛代气呼呼地回到家里，盘腿坐在土炕上，连抽了三根烟。

媳妇过来问：“那事，乡上怎么说？”

喇嘛代：“都是吃干饭的，啥事也不干。不干就罢了，还骂人呢！”

媳妇：“谁骂人了？”

喇嘛代：“还有谁？就那个满嘴是球的书记！”

媳妇："那怎么办呢？"

喇嘛代："他们实在不管，我就真要杀了那狗日的阴阳。"

桑多镇人瞧不起某人，或者对某人生气时，爱称呼对方为"狗日的"。这似乎是国骂的风格，骂的时候有气势，骂出来也特别解气，桑多镇人就好好地继承了。

媳妇说："你可不能这么做，这是犯法的事！"

喇嘛代哼了一声，下了炕，翻箱倒柜找了好半天，竟找到一把长鞘藏刀。

抽出来，那刃口上已经发锈，染着几团黑褐色的锈斑。

掂了掂，感觉轻重很是趁手，心底就喜欢上了这把刀。

想了想，记得这是祖父的遗物，霎时神情就有点黯然。

看到丈夫找出刀在把玩，媳妇有些惊慌："你还真想杀人啊？"

"狗急了跳墙呢，兔子急了咬人呢！"喇嘛代说，"欺负人不是这么个欺负法。"

忽听得门外有人喊："喇嘛代在吗？喇嘛代在吗？"

媳妇赶忙出去看："在呢在呢，在家呢。"

喇嘛代赶紧将长鞘藏刀塞进箱子里。

## 十

来人正是后镇长，身后还跟着两三个年轻人。

后镇长对喇嘛代的媳妇说："你把喇嘛代叫出来，我们有事跟他说。"

喇嘛代早就出来了："我在这，有啥事你就说吧。"

后镇长："我来看看天水在你家院子里是怎么个淌法。"

喇嘛代："没下雨，你们看不到天水。"

后镇长："不是那个意思。我想看看阴阳家的天水，是怎么到你家的院子里来的。"

喇嘛代带着后镇长走到东侧房边，指了指前院后墙顶上伸出的一个铁皮水槽说："那不是吗？天水就是从那出来的。"

后镇长看看那铁皮水槽，又看看墙根下面，那里已经被流下的天水深溅出一个小坑。

坑内塞着一个铝制大碗，看样子是担心坑被溅得更深而采取的措施。

拿出那个铝碗就发现，虽然天已经晴了四五天了，但坑内还有稀泥，显然水分还未完全蒸发掉。

后镇长："前院这一家，就是李根旺家？"

喇嘛代："就是那个壮棒家。不是他家，就没这婆烦事了。"

"壮棒"也是骂人时对对方的称呼，本意指壮实、高大、有力气，慢慢地衍变为蛮横跋扈、不讲道理、以势压人的代名词了。

后镇长说："我看人家就没你壮！"

一听后镇长在讽刺自己，喇嘛代赶忙闭了嘴。

后镇长："这水槽在这位置几年了？"

喇嘛代："去年他们重新填了房顶，就成这样子了。"

后镇长："以前不是这样？"

喇嘛代："以前李根旺是把这水槽开到东面的饲料地里。前年，他的堂弟买了他的饲料地，盖了房子。今年，他就把这水槽对准我家院子了。"

后镇长对身后的一个年轻人说："你去看看李根旺在不在。"

那青年出去了，片刻，回来报告："在呢。"

后镇长对喇嘛代说："走吧，我们到他家看看。"

喇嘛代："要去你去，我不去。我去了就想杀他。"

后镇长："那好，我们去调解，你可不要乱做。有消息我们会及时通知你。”

又对刘二毛说：“今天到喇嘛代家来的事，你记下，记清楚。”

刘二毛答应了。

这时，大家听得喇嘛代家门口玛尼杆上的经幡，被南风吹得啪啪作响。

后镇长抬头看了看，那些经幡都贴在蓝天上，使蓝天显得更蓝，经幡上的经文也显得更清晰。

再看时，便觉得有些眩晕，忙低头带着众人出了门。

## 十一

李根旺早就候在门口等后镇长他们。

一见众人来了，忙不迭地迎进上房。

后镇长本不想就屋子，但想还得把话说透，不说一会儿，话就说不透，话说不透，就不能解决问题。

于是就进去了，上了炕，刘二毛他们都侧跨在炕沿上。

李根旺给每人泡了一杯八宝茶，又拿来了黑兰州牌香烟和四星的世纪金徽酒。

后镇长细看时，发现茶杯中有茶叶、红枣、枸杞、核桃仁、桂圆、芝麻、葡萄十、冰糖等东西，知道这是茶里边的稀罕货。

看到李根旺忙不迭地打开黑兰州，又准备拧开世纪金徽的酒盖，也就明白了李根旺的心思：这家伙想讨好乡上的干部，以便解决问题时对他有利。顿时觉得这调解之事，真是很麻烦。

他忙制止李根旺：“茶，你已泡上了，就喝几口。烟，你打开了，就抽几支。这酒，就不要开了。我们来跟你商量事情的，不是来喝酒的。再说，这工作期间，怎么能喝酒呢？”

李根旺：“镇长大人说得对，说得对。”说着，把酒提离炕桌，放在一旁的八脚柜上。

八脚柜在桑多镇颇流行，几乎每家两三口。这种柜子呈长方形，高一米五，长三米，宽一米二，用厚实的柏木或松木做成，分成了三口仓，专门用来装粮食，大多摆放在堂屋或上房的北墙下。每口仓都有盖子，上头可以摆放一些日用品。

后镇长喝了一口茶说：“今天来，主要是为了调解你和喇嘛代之间的关系。我们的想法是，你们要相互体谅，相互帮助，再不要为一件小事动什么干戈。”

李根旺：“我也是这么想的，但那喇嘛代硬要和我过不去，要我把房后的水路改了。那怎么能随便改呢？”

后镇长：“我们刚才去看了，你的确把水路留在人家院子里了，那地上都被水冲出了一个坑。这事落在我的身上，我也会生气的。你不如真改个水路，别走人家院子，这也不是太复杂的事。你说对吧？”

李根旺：“我的镇长大人啊，那水路是不能改的！”

后镇长不明白：“为啥改不成？改了，会掉你身上的一块肉吗？”

李根旺：“那比身上掉一块肉还麻烦，还可怕。”

后镇长追问：“有啥麻烦可怕的？”

李根旺：“只要一改，就破了五行。破了五行，会遭报应，啥都不顺的。”

## 十二

后镇长问：“五行是啥东西？难道比命还重要？”

李根旺："镇长大人啊，这您就在欺负我啦！您是从大学毕业的，肯定比我更熟悉五行。我怎能在您面前抡大刀呢！"

后镇长："对五行，我还真不太熟，你就给我补补课吧。"

李根旺："您真不熟？"

后镇长："真不熟，熟的话，就不来找你了。"

李根旺只好解释说，五行，是金木水火土五种元素的运行方式。按方位来说，五行中，火位于南方，水位于北方，木位于东方，金位于西方，土位于中央，这是万万不能乱的。我们的房子都是坐北朝南的平顶土木房，下雨后，房顶的天水一定要朝北面排。若排向其他方位，会有灾难发生。

"我看没那么严重吧！"后镇长打断了李根旺的介绍，"邻里之间，还是要讲究和为贵的，孔老夫子早就这么说了，也这么做了，我们应该学学人家老先生的做法。"

谁知不提孔老夫子还好，一提，倒把李根旺的话匣子给打开了："镇长大人，您说到点子上了。若要对照儒家的文化，就说那'五常'吧，金代表安定，是仁；木代表生机，是义；水代表柔和，是礼；火代表爆发，是智；土代表承载，是信。我把水的方位变了，就是不讲礼仪。不讲礼仪，就乱了。乱了，就不好，那灾难说来就来了。"

后镇长被李根旺堵住了话头，一时竟无话可说，只好取了一支烟，点着，吐出一口浓烟，然后黑着脸，一言不发。

李根旺："所以说，这根本就不是水路的问题，是生老病死的大事。"

后镇长用劲把那根烟抽完，又把烟蒂使劲摁灭，对李根旺发话："你说，你到底改不改水路？"

李根旺看到了后镇长眼睛深处的狠毒，忙说："你给我几天时间，我再考虑考虑。"

后镇长："我只给你三天时间。三天后，我派人来检查，若你还把那水槽撅在那，我就直接拔了。"

李根旺煞白了脸，不知说什么好。这时，院子里有一男孩喊道："阿大，阿妈叫你有事说呢。"

后镇长："对，你们一家子赶紧商量商量，我们就先走了。"

后镇长黑着脸背着手从李根旺家出来，对身后的跟随的年轻人说："去，告诉喇嘛代刚才的决定，叫他也不要胡折腾。"一个青年慌忙去了。

## 十三

喇嘛代听了乡干事的回复，觉得水路的事没啥问题了，心里有些欢喜。

可是，等了三四天，也没见阴阳家把那水槽挪动位置，十分纳闷："为啥还不动手呢？"

越想越生气，找了一根粗木棒，站在墙根下，使劲击打那水槽。

没几下，那水槽就歪斜下来，掉到地上，同时落下一块压水槽的条石，差点砸在他身上。

此时，喇嘛代又得意，又庆幸，觉得自己干了件男子汉应该做的事。

其实早该这样做了，就是因为自个的隐忍，才一而再地往乡上跑，结果事情还在等待解决中。

现在，这事情不是轻而易举地就解决了吗？

正得意间，前院房顶上传来骂声："哪个狗日的弄掉了我家的水槽？手闲得很吗？"

喇嘛代抬头一看，却是李根旺的儿子，居高临下，躁红了脸，盯着他，显然是专门骂他来的。

李根旺的儿子十七八岁，瘦高单薄，但骂人的声音却比较响亮。

喇嘛代恼了："我弄的。你想怎样？"

李根旺儿子："对你们这些半番子，又能怎样呢？"

半番子是桑多镇一带对只会说汉话不会说藏话的藏族男人的叫法，意思是是藏族但又不是纯藏族。正如把洛村的女人称为三格毛一样，半番子的叫法，其实也没有什么歧视的意思。

但正在斗气的时候，喇嘛代觉得李根旺的儿子叫他半番子，显然有着鄙视的意味，于是指着那瘦高的孩子说："你等着，我一刀子豁了你！"

李根旺的儿子却不害怕，冷笑一声："你能把我的尿给割了？！"

喇嘛代："你等着，我就要把你这尕崽娃给骟了！"

说罢折回屋里，打开箱子，取出刀子。

媳妇赶紧拉住他："你吓唬吓唬他就行了，可不能真的动手。你不是说这事乡上正在解决吗？我们再等几天。"

喇嘛代："等那些吃干饭的解决问题，那就等到驴年马月了！"

话虽这样说，但他还是希望由镇政府出面尽快解决问题。不过，刚才一时冲动，拆了水槽，把这事弄得复杂了些。

李根旺儿子一嚷嚷，实际上还是表明了一个态度：人家不愿意事情就这么被解决。

拿了刀出来，往房上一瞅，早没了那小子的身影。猜测对方害怕了，逃了，不仅也冷笑了一声。

转眼一想，认为事情还没完，可能后面还有麻烦事发生，又烦恼起来。

他把那藏刀握在手中，端详了一阵，觉得有必要磨一磨，于是端了一小盆清水，坐在磨刀石后，呼哧呼哧地磨起来。

他的女人倚在上房门框旁，一脸担心焦虑的神色。

磨了一会儿，拿清水洗了洗磨过的刀刃，看时，那刀刃在阳光下锃亮锃亮的。

翻过来看另一面，也是锃亮锃亮的。

用大拇指试了试，刃口刮着指纹，发出轻微的声响，就知道确实锋利了。

这时，从大门里进来两个人，看时，前一人肤色白净，精瘦似竹竿，正是李根旺。

后一人瘦小精干，满脸怒色，却是李根旺的儿子。

两人看到喇嘛代正在磨刀，都愣住了。

李根旺先反应过来，忙转身拉住儿子的手。

那年轻人骂骂咧咧，想挣脱父亲的约束，跟喇嘛代论理。

李根旺硬是拉走了自己的儿子。

喇嘛代知道对方是来寻事的，但显然被自己给吓走了，嘴角便露出一丝轻蔑的笑。

一边笑，一边生出了愤怒。

他把刀子插入刀鞘，别在腰里，走出大门。他要看看那些人到底想干什么。

## 十四

巷子口，李根旺、李根旺儿子和另外两三人站在自家门口，低声商量什么事。

见喇嘛代出来，就停止了交谈，都拿眼看他。

其时已是黄昏，斜阳照着房屋和巷子，房屋上一片金黄，巷子里一片阴影。

喇嘛代知道那些人是商量如何对付他，心里有些担忧。

他站在自家门口，出不出巷子，拿不定主意。

正犹豫之际，媳妇追了出来，紧紧抓住他的胳膊，惊慌失措地请求说：“你可不能这么干！”

媳妇的声音高，立刻使李根旺他们警觉起来，都紧张地观察着动静。

喇嘛代甩开媳妇：“杂疙瘩还想来闹事，我一刀子捅了他们！”

李根旺的儿子听到喇嘛代骂他“杂疙瘩”，涨红了脸，作势要扑过来，却被李根旺拉住了。

“杂疙瘩”在桑多镇方言里，含有杂种的意思，李根旺的儿子受不了这种骂，准备回骂几句，却被李根旺拉回自家院里去了。

喇嘛代见到李根旺的儿子的反应，男子汉的热血也被激发起来。

他觉得该明确地表示一下自己的决心了：要么冲过去和李根旺他们打一架，要么好好骂一顿，只有这样，才能让别人知道他不是说说就会完事的人。

## 十五

正犹豫之际，他家的那头犏牛出现在巷子口。

已到牧归时分，他家的牛自行回家了。

这几年，男女老少都愿意出去打工，农村里已没人愿意种地，只为耕种而饲养的犏牛，已经没有了它的使用价值。

年前，喇嘛代就想把牛卖掉。但因为喂养多年，早就有了难以割舍的感情，就暂时没有脱手。

现在，喇嘛代看着巷子里越来越近的自家的犏牛，突然有了一种想法：他要当着那些人的面，当一回脏腑客，宰了这头牛，给他们一点颜色瞧瞧。

脏腑客，泛指那些有胆量、有魄力、有霸气的男人，桑多镇人认为只有英雄才是这一类人，是值得钦佩和尊敬的。

喇嘛代想当脏腑客的想法，是那么突然，但又是那么刺激，似乎这正是解决他走出走不出巷子的最好办法。

于是，喇嘛代从腰里抽出藏刀，拔出刀子，等待牛靠近。

那些人显然看到了他的行为，有些惊慌，但都没动弹，等待着他的下一步动作。

那牛看到喇嘛代立在门口，似乎有些兴奋，抬头朝主人哞了一声，就温顺地停在主人的身旁。

喇嘛代离牛只有三四步距离。

他用眼睛的余光瞥了瞥那几个人，发现了那些人的惊慌。

他知道只有杀牛骇人，才能彻底使他们害怕他，再也不敢生事。

他下了决心，手握长刀，向牛快速靠近。

那牛信任主人，竟不躲避。

喇嘛代用刀捅入牛脖颈下，由于用力过猛，连刀把都进去了一部分。

霎时，刀口咕咚咚冒出一股热腥气，血就泛着粉红色的气泡汩汩地流到他握刀的手上，又流到地上。

那牛狂跳起来，甩开了刀子，脖子上鲜血飞溅。

但只跳了几下，就轰然倒地，再也爬不起来。

它圆睁着黑黑的眼睛，看着它的主人，似乎经受了莫大的委屈，抽搐几下，眼里的光芒就越来越淡，越来越淡，最后失去了生机。

喇嘛代这才知道自己确实杀了自家的犏牛，内心一阵悲伤。

他想扭头看看那些人，却无法做到这一点。

他只好看着牛眼里越来越模糊的自己，慢慢地跪了下去。

身后，传来一声惊呼。

扭头一看，他的女人已经昏厥在地，也像牛临死时那样抽搐着。

## 十六

喇嘛代杀牛后的第二天，李根旺就去了镇政府。

他惊慌失措地坐在武书记的办公室里，哆哆嗦嗦地向后者讲述喇嘛代杀牛的经过。

或许因为过度紧张，他的表达有些颠三倒四，但武书记还是听明白了事情的经过。

武书记："人家杀了条牛，就把你紧张成这样，你也太胆小了吧！"

李根旺："不是我胆小，他那是杀给我看呢！"

武书记："你的意思是，他是杀鸡骇猴？哦不，是杀牛骇人？"

李根旺："我估计就这意思。"

武书记："那没啥啊，他又没给你动刀子。"

李根旺："书记大人啊，他若是对我动刀，来给您说这事的，就是鬼魂了。"

武书记："少给我说不科学的东西，我可不信这些玩意儿！"

李根旺："我知道您不信。而今这事咋办呢，您可要给我想个办法。"

武书记拨通了一个电话："你到我这来一下。"

过来的是后镇长，苦着脸，好像有许多烦恼事。

见到李根旺在，那脸就更苦了。

武书记问后镇长："那天叫你去处理他和邻居家的事，你说你已处理好了，可现在又出了事，你说怎么办？”

后镇长吃了一惊：“出了啥事？”

李根旺又把喇嘛代杀牛骇人的事说了一遍，这一次倒口齿清楚了许多。

后镇长批评李根旺：“那天我叫你把那水槽拆了，看样子你遢着没办，是不是？”

李根旺：“我只拖了一两天，他就自个给我捣毁了，还骂了我儿子一顿，威胁要杀了我儿子呢！”

后镇长：“书记您听，我都安排好了，可他们没按我交代的办。这两天隆多儿村又发生低保被人冒领的事，我正在查那事，所以这头就没跟紧。”

武书记：“低保的事，我听说了，算是要紧事，你不要耽误。这边这事，你有空再去喇嘛代家，该劝说就劝说，该警告就警告，反正要把事情处理好。”

后镇长连连点头：“好的，好的。”又对李根旺说，“既然你的水槽已经被人家毁了，你就重新改条水路，再不要整到人家院子里，行不？”

李根旺哭丧着脸：“这水路一改，我又要折财了！”

后镇长：“折个屁，你就是个迷信罐罐儿！”

迷信罐罐儿，专指那些特别信神信鬼的人。

这李阴阳是专门沟通人界与鬼界的使者，一听后镇长骂他迷信罐罐儿，忍不住就想争辩几句。

武书记：“你俩再甭球吵了，都回去，各干各的事吧。”

## 十七

后镇长起身要走，武书记说：“哦，你先别走，我有个事要问你。”

李根旺赶忙起身走了。

武书记听得李根旺走远了，才对后镇长说：“刚才别人在，你不应该说低保的事。”

后镇长：“给您汇报工作，一时给说漏嘴了。”

武书记问：“隆多儿村低保的事，到底是怎么回事？”

后镇长：“有村民反映村长收了他们的一折通，说是公家有用，其实拿那些折子冒领了人家的低保。”

武书记：“这是真的吗？”

后镇长：“还在查，估计八九不离十。”

武书记：“球大的村长，胆子倒不小。这些胡日鬼，要好好治治。”

桑多镇人把那些游手好闲、投机倒把的人称为胡日鬼，这词显然是贬义词，带有蔑视、讨厌和恨铁不成钢的意思。

后镇长应和说：“就是，我们这乡上村里，尽是些胡日鬼，尽给人找婆烦事！”

武书记：“这话不对，你作为镇长，要明白：和老百姓有关的事，都是大事，没有小事。”

后镇长正要说话，武书记却朝外骂道：“你这个球阴阳，还缩在门口干啥？”

被骂出来的，正是李根旺。

他踅进门来，犹豫了半天才吞吞吐吐地说：“这低保的事，两位大人，你们能不能也考虑考虑我家，我家连一个都没有享受呢！”

武书记：“享受个球，偷偷摸摸地，像个贼！贼能享受低保吗？”

武书记显然对李根旺躲在门口偷听的行径很是生气，骂人时已经口不择言了。

李根旺浑身颤抖不止："那……那……那喇嘛代，杀……杀……杀牛的事，你们还管……管……管不管？"

武书记骂道："管个球，把人杀了再说！"

李根旺一听，知道自己再也不能在这屋子里待了，转身就走，不小心被什么东西绊了一下，差点杵倒在地。

## 十八

武书记悔不该说出"把人杀了再说"的话来。

第二天一大早，天气不太好。

武书记对着阴沉的天空骂了一声娘，话音没落，喇嘛代就来了。

喇嘛代把一柄染着黑红色血迹的藏刀撂在武书记的办公桌上，说："我来报案！"

武书记刚刚吃过早点，胃里的那两颗蛋还未消化，猛地闻到一股血腥味，就有些反胃，干呕了两声，端起茶杯说："报球子啥案，不就杀了一头牛嘛，还想到镇政府来显摆？"

喇嘛代："这次杀的不是牛，是人！"

武书记手中的茶杯掉在桌上，茶水溅了一桌，流过桌面，又滴滴答答滴在地上。

"你……你……你，你说啥？"

"我杀了李根旺的儿子。"

武书记一阵眩晕，双手撑在桌子上，胳膊一软，没撑住，跌倒在地上。

门突然被人搡开，一人闯进来："书记，不好啦！那喇嘛代杀了人啦！"

来人正是后镇长，他看到武书记倒在地上，正在努力往起爬，又瞥见喇嘛代坐在沙发上，以为武书记是被喇嘛代打倒的，慌忙中拎过一把椅子，横在自己身前。

武书记终于爬起来，他抖抖索索地坐回办公桌后，问喇嘛代："你真杀了人？"

喇嘛代："不杀不行，不杀我就没脸活人了。"

后镇长放下椅子，小心地坐在沙发那一头，小心地问："你这是啥意思？"

喇嘛代："今早阴阳家的那小子来我家取他家的水槽，我以为他家准备改水路呢，就叫婆娘去拿给他。那小子见水槽坏得厉害，就骂骂咧咧的，说我杀牛就是为了装样子，还说有种的就把他的尿咬掉。我在房子里听着，心里不舒服，就出去问他是啥意思。他见了我，冲我喊：'有种的就把我的尿咬掉！'我一气之下，就抽出腰刀说：'你再跳弹我就宰了你！'谁知那小子把脖颈伸过来说：'你敢！'我愣住了，不知该怎么办才好。他说：'知道你就不是咬狼的狗，还冒充儿子娃呢！'我生了气，拔出半截刀，用刀背撞他脖子。谁知他伸手一抓，抓住了刀鞘。他不抓还好，一抓，我赶紧把刀子往怀里拉。他用力夺刀，我也用力夺刀，刀子就翻了个身。他的力气大，抢得猛了，刀子就过去了，割到了他的脖子。谁知他的脖子不经割，一下子就冒出血来，人也就倒下了。我吓坏了，就赶紧到这里来报案。"

武书记这才明白过来："那娃呢？"

喇嘛代："还在我家院子里吧，我来的时候，他还趴着呢！"

后镇长："我听他们村的人说，那娃已经死了！"

武书记："你去他家看了没看？"

后镇长："我是上班路上听说的，吓坏了，赶紧来见你，还没顾上去那呢。"

武书记："你赶紧去看看。我这就给派出所报案！"

后镇长慌慌张张地喊了一两个干事走了。

喇嘛代站起来纳闷地问："不是到这里报案吗？"

武书记骂道："到这里报个球案，报案，要给派出所报呢！"

喇嘛代一听，站起来说："我去报吧，人是我杀的。"

武书记："你等着，我打电话。"

武书记转身给派出所打电话，那边却无人接听。

连拨三次，都没啥结果。只好搁下话筒说："不行，没人接，我俩一起去派出所报案吧！"

没人搭话。扭头一看，那喇嘛代却不在身边。

忙追出来，问院门口进来的刘二毛："见到喇嘛代了吗？"

刘二毛煞白着脸说："见了，那家伙有脏腑，提着一把刀，往北走了。"

"有脏腑"就是有气魄、有胆量、有冲劲。

不过，这次刘二毛把词用错了，武书记直接朝他吼道：

"有脏腑？有个球呢，他杀了人了！"

刘二毛惊慌地问："杀了谁？"

"杀了你娘！"

## 十九

误杀了李根旺的儿子后，喇嘛代晕晕乎乎的，脑子不大清醒，知道自己杀了人，要抵命的，又没处可去，就提着刀来镇政府报案。

谁知竟报错了案，报案应到派出所去。

在往派出所走的路上，脑子渐渐清醒起来，也害怕起来：本来不想杀人，才三番两次去报案，谁知还是杀了人，这如何是好？

越想越怕，那要了人命的藏刀也抓不住了，当啷一声掉在地上。

这声音更吓得他的魂都出了窍，心里乱成一团："到底咋办呢？咋办呢？"

想反身回家，又觉得家里挺着一个死人，一大堆麻烦在等着自己。

想去报案，又不知自己的后半辈子该怎么过，反正听说杀人得偿命，最起码要判个几十年，抓进班房子里，遭人欺负，吃屎喝尿，要过那暗无天日的头痾（藏语牲畜之意）的日子，再也出不来。

想起自己从此要当头痾了，那恐惧，就紧紧攥住了心，要攥出血来的感觉。

胡思乱想了好一会儿，抬头看看阴沉的天空，知道不一会儿就会下大雨，心里就更乱了。

忽然看到天幕下东边的山脊上，隐隐透出亮光，顿时觉得那仿佛就是神灵在冥冥中的指引，脚步一拐，就拐上了一条山沟。

这条山沟弯弯曲曲的，通向了东边的山梁，通向了另一个县的另一个乡。

他腿上一加劲，没入了那条山沟。

西山顶上的乌云压了下来，一道闪电之后，响起了可怕的雷声。

## 二十

喇嘛代逃离后，武书记因为"把人杀了再说"这句话，不仅被县上撤了职，还被通报批评。

他自个也不好意思在桑多镇待下去，就想法调到老家去了。

而后镇长，也因为在喇嘛代报案事情上的不作为，被组织给予警告处分，也在全县被通报批评，弄了个灰头土脸，做官也做得没啥精气神了。

几年后，退休在家的后镇长去外地转亲戚，顺便去看望疾病缠身的武书记。

两个人坐在屋檐下，喝了一会儿茶后，武书记提议："整几杯吧？"

后镇长："您也退休了，身上又有病，为了您的身体健康，就不喝了吧！"

武书记："整一点，整一点。我还想给你说件事呢，你保证感兴趣。"

于是拿出一壶青稞酒，倒在两盏紫砂杯里。

那青稞酒颜色浑浊，却香气扑鼻。

两人碰了几杯后，后镇长问："老领导，到底啥事啊？这么神神秘秘的。"

武书记："知道那年杀人的喇嘛代吗？"

后镇长："你还提那半番子？正是因为他，我俩才走到了如今这地步。"

武书记端起一杯酒，丢进肚里。

武书记："我听说，他在四川，被抓住了。"

后镇长"哦"了一声，并不惊诧。

武书记倒惊诧了："你知道这个消息了？"

后镇长："不知道。但我知道，他迟早会被抓住的。"

武书记："说说为啥？"

后镇长："现在公安家都搞网上追逃，他躲过初一躲不过十五。"

武书记："你说得对。听说他真的是走投无路，才投案自首的。"

后镇长："哼，他就是个惊弓之鸟，迟早会跌到地上的。"

两人不再说话，只是碰杯喝酒，不知不觉，两人都醉了。

武书记醉得尤其厉害，他问后镇长："喇嘛代，你到我这里来干啥？"

后镇长醉意蒙胧地回答："书记啊，我不是喇嘛代，我是李根旺。我来想给您说，喇嘛代动了我家的水槽，灾难就从天而降了。我这是向您要儿子来了！"

谁知武书记早已沉睡过去，发出粗重的呼噜声。

# 虚幻的真相

## 一

好多年前的某一天，藏族女孩格桑卓玛登上白羚市中等师范学校豪华宽大的演讲台，向密集在学校礼堂里的近千名同学发表主题为“延安精神”的演讲。

这是这所学校文艺表演史上一个颇有回忆价值的时刻，它标志着这所有着六十多年辉煌历史的学校里新的演讲者的诞生。

现在想来，那是白羚市中等师范学校为了庆祝“七一”建党节而举办的一次全校性的演讲活动。

那天晚上，一年级学生格桑卓玛以其出众的形象、深情的表达和娴熟的演讲技能脱颖而出，使得在场的师生感受到了口头语言与肢体语言巧妙相结合所产生的无与伦比的美。

在格桑卓玛演讲的过程中，台下担任评委的语文老师杨晓东神情显得格外紧张。

演讲之前的一段时间，他自愿担任了格桑卓玛的演讲指导老师。

由于担心，他总是情不自禁地将笔杆咬在嘴里，悄悄地替格桑卓玛捏着一把汗。

他旁边的老校长正襟危坐，目不斜视，面无表情地观察着演讲者。

演讲台上，灯光暖暖地在照在格桑卓玛的身上，使穿着一袭红裙的她显得格外美丽，格外神圣。

三天后，在学校中院的宣传橱窗栏里，贴出了格桑卓玛和其他选手演讲时的个人风采照。

格桑卓玛的那一张被摄影师处理得格外成功：她以一个青春的演讲者的形象，沐浴在温柔的光线里，深情地诉说着过去的岁月，坚毅地宣扬着一个时代的精神。

个人风采照的旁边，配有评委工作照，照片中的核心人物老校长一脸严肃，那种神态令人发笑。

而身边作陪的杨晓东老师却仪表非凡，神采飞扬。

这两个对比过于鲜明的形象，使画面产生了一种诙谐，一种趣味，给白羚市中等师范学校的师生们平添了一个可供闲谈的话题。

四年之后，杨晓东被指控犯有强奸少女罪而被判刑。

起诉人就是格桑卓玛。

在起诉书上，她以愤怒而怨恨的口吻，指责杨晓东在她过去四年的师范读书时间里给她的肉体和精神上带来了巨大伤害。

从此以后，格桑卓玛和杨晓东就始终连在一块儿了，她处在前台，再也不被温柔的灯光所沐照；而他被置在她的身后，遭受着更多人的谩骂与谴责。

格桑卓玛对杨晓东的指控，就是学生对老师的指控。

从此，杨晓东留给别人最鲜明的形象，是一个道德败坏、色欲熏天的伪君子。

这个形象像一枚钉子，深深地没入白羚市中等师范学校的校园生活里，成为它发展历史中永远的疼痛。

## 二

对于出狱之后的杨晓东来说，爱与恨的斗争其实就是真相与假象的斗争。

他对朋友们诉说：他的牢狱之灾源于一场有意的陷害。

他告诉朋友们，你们了解的一切都是假象，我与格桑卓玛之间发生的种种事情，其实也许并不像格桑卓玛所说的那样。

他说，时隔多年后，愤怒的波涛已经平息。但我想当面去问问她，究竟她为什么要破釜沉舟地走到这一步？

他出狱后的第二天，就去找老校长。

老校长坐在宽大的办公室里接见他，窗外，是白羚市夏天令人焦躁的热浪。

他忐忑不安地说明了自己的来意。

老校长从玳瑁眼镜后仔细审视了对方一会儿，很严肃地告诉他：去教育局问问吧，我估计你已经永远失去教师这种职业了。

事实果真如此。

试想，一个强奸犯，从此哪有资格跻身于教师队伍？谁又愿意给一个罪犯埋单？

迫于生计，他去一个工地找活干。

他的运气不错，碰到了一个低空卸砖的岗位。

干了一个多小时，他觉得头晕目眩，朝下一看，顿时失去了平衡，摔了下去。

最初伤势好像很严重，但是后来发现不过是一般的腿伤，他就怡然自得起来，在心里说，现在可以请假去做那件一直想做的事情了。

和以前不同的是，他再也不会因为顾及面子而愿意失去更多有价值的东西了。

牢狱生活使他和他的朋友们在做人处世上有了鲜明的不同。

他已经领受了法律对他发出的警告之声，也体验了法官和公众眼中的正义的力量。

他决定在不违反国家法律的前提下，向格桑卓玛展开自己的求道之路。

求什么道？求“为何如此”之道。

在狱中，他曾经给她写过大量的信件，虽然没有一丝回音，但那些信件的存在可以证明他对事情的真相始终存在着质疑。

他想，不管怎样，一定要问出个所以然。

如果仍然问不出什么，那么，他将索回那些记录着他的种种秘密和情感的信件。

不过，他想做的首先还是如何联系格桑卓玛的问题。

听说格桑卓玛将他送进监狱后，就离开了白羚市。

他几经周折才搞到了她的联系电话。他给她打电话，可是没有打通。此后整整四天他都在浪费时间。

好不容易把电话打通了，她答应可以见他，但地点由她来定。

地点定在了桑多镇大桥旁的洮水茶楼里，约定的时间是三天后的下午三时。

他焦急地等了两天。第三天上午，他提了个简易旅行包，拖着伤腿很不灵便地上了前往桑多镇的客车。

## 三

自从格桑卓玛的演讲意外地得到巨大成功之后，杨晓东就和她走得越来越近了。

他定期地把她叫到办公室，以一个语文老师的身份，传授给她演讲、朗诵、主持的技能。

他想把她有意识地培养为白羚市中等师范学校新一代演讲者和主持人中的佼佼者。

杨晓东的行为，给格桑卓玛带来了难题。

这个羞涩、小巧而聪颖的姑娘，不知该如何处理这个新出现的问题。

她年方二八，正对异性充满着朦胧的渴望之情，但她没想到闯入她的情感世界的第一个人，竟是她的语文老师杨晓东。

刚开始，她始终以一个学生的身份出现在杨晓东的面前，接受他给她传授知识与技能的现实。随着时间的推移，她感觉到自己的情感在发生着变化，这变化体现在两个方面：当她接触到杨晓东时，她觉得兴奋、羞涩、紧张；当杨晓东不在她身边时，她觉得寂寞、孤独、绝望。

她明白自己已爱上了杨晓东，特别是当别人在她背后指点议论她和杨晓东的事情时，她并不感到愤怒，而是一种自豪，一种羞涩，一种欢乐，一种虽然遥远但似乎仍可伸手触摸的幸福。

她希望她对杨晓东的爱情，能够得到发展，在发展的同时，要么无人可知，要么尽人皆知。

杨晓东也觉察到格桑卓玛的情感变化。

他喜欢这个学生，喜欢她的羞涩，小巧和聪颖，更喜欢她的与她的年龄不相称的那种迷蒙的眼神。

但他不愿意把自己换位为对方的男朋友，原因不在于他们之间年龄的差距（其实他们之间也相差不了几岁），而在于他们之间被社会安排好的颇为尴尬的关系：他们，一个是老师，一个是学生。

人常说，一日为师，终身为父。师生之间，始终存在着一个界限，一道天然的鸿沟，跨越这条界限，则意味着在情感和伦理上都逾越了这道鸿沟。

逾越，意味着乱伦，意味着背叛，意味着异类的诞生。

杨晓东不愿看到这样的结果出现，于是，他在给格桑卓玛进行辅导的时候，有意识地使自己与她之间有着一段距离，想把自己在她面前塑造成为一个长辈的形象。

但当格桑卓玛微笑着注视他时，他就下意识地躲开她的眼光。

这种躲闪行为，使他清楚地认识到，自己又回归成一个哥哥的角色了。

有一天，哥哥这个角色，也被另一个角色给替代了。

杨晓东喜欢研究手相学，他曾写出一篇相关的文章。

在这篇文章中，他认为一个人一生的情爱痕迹可以在他（她）的手掌中的条纹中暴露无遗，他（她）的婚姻也掌握在他（她）的手掌中。

这篇文章被一个喜好异类的编辑在《白羚日报》的周末娱乐版上给

发表了，引起了一部分人的注意。

白羚市中等师范学校的老校长就是其中的一位。

看到这篇文章且知晓文章的作者就是自己学校的一名年轻教师后，这位深受唯物主义思想影响的老知识分子勃然大怒，他把杨晓东叫到办公室正告了一番。

杨晓东想辩解，但被老校长以一个决然的手势给打断了：要么你搞你的手相学，但前提条件是你必须调离学校；要么你留在学校，但你必须远离你的手相学！

杨晓东窝着火垂头丧气地回到自己的办公室。

这时恰好是他给格桑卓玛辅导的时间。

格桑卓玛不知道该如何劝说杨晓东，但她说她对手相学倒持一种相信的态度。

她认为人与人之间一定有着缘分，要不然，在一个人短短一生中所认识的那么多人，为什么相识相知的就那么几个呢？

格桑卓玛的说法使杨晓东感到舒服，事实上，他之所以研究手相学，就是因为他觉得命运不可把握。

因此，他也相信缘分，他觉得他和格桑卓玛之间的交往就是一个命定的结果。

他情不自禁地对格桑卓玛说，还是你了解我啊！

这句话在格桑卓玛看来，就是一个信号：她的老师视她为知己。

那么，作为知己，她的下一步该怎么走？

她一动情，就无法控制地走向杨晓东，从背后抱住了他。

与其说这在安慰杨晓东，还不如说她也给他传递了一个信号：我们之间的师生关系完全可以打破，甚至可以超越。

杨晓东怔住了。

有好半天，他们一动不动，保持着那个不正常的姿势：杨晓东低着头坐在书桌旁，格桑卓玛站在他的身后拥抱着他，眼神幽深而紧张。

杨晓东终于回过神来，他站起来，转身面对着格桑卓玛，伸出双臂搂住了她的腰。

他深情地凝视着她，而她，完全是一个被爱神之箭射中的女孩儿的模样，羞涩而热烈地依偎在他的怀抱里。

## 四

在进入售票厅的瞬间，杨晓东发现有一个穿着呢子大衣的男子在盯梢。

呢子大衣小心谨慎，似乎不想让杨晓东知道他在跟踪。

但直觉还是提醒了杨晓东，他敏锐地感知到自己已经成为别人的猎物。

他冷静地买好了车票，再度寻找呢子大衣的身影时，对方却消失得无影无踪了。

在去桑多镇的中途，客车停到一家加油站。

加油时，杨晓东下了车，想买盒香烟。小卖铺里，一个笨拙的妇女站在柜台后。

杨晓东把钱递过去说："一盒黑兰州。"

可是她只是一动不动地用眼睛盯着他。

他对她扬了扬钞票，对方依然没有反应。

终于，那个妇女问道，你不是还在蹲班房子吗？

谁说我在蹲班房子？杨晓东反问道，你认识我？

女人冷漠地看了他好一会儿，转身从货架上取下一盒烟，找了零钱，一并递给他，掀开柜台旁悬挂着的门帘，进了里间，坐在一张椅子上，转过身背对着他。

杨晓东从小卖部里出来，越想越觉得对方面熟，但又想不起到底是谁。

有一点可以肯定的是：她知道自己，也知道自己蹲过监狱。

她是谁？格桑卓玛的亲戚？还是曾在白羚市中等师范学校待过的同事？

这样想着，自己却摇了摇头，这个笨拙的妇女，根本就不像个有知识的人。

这时候，杨晓东突然注意到正前方站着一个人，正是那个呢子大衣，在不远处冷冷地盯着他。

从对方的奇异的表情上，杨晓东捕捉到一丝似曾相识的东西。

他定了定神，勇敢地朝对方走去。

呢子大衣却仿佛不愿与他谋面，转身匆匆离开了。

杨晓东重新回到了客车上。

他很紧张，似乎已经失去了继续奔赴桑多镇的心思。

他把客车上的顾客前前后后地看了个遍，始终没有发现那个呢子大衣。

客车开始启动时，透过玻璃窗，杨晓东看到加油站里停着一辆黑色桑塔纳，呢子大衣正倚伏在打开的车门上，观察着客车。

方向盘后，也坐着一个人，黑色卷发，脸形瘦长，眼窝深陷下去，但眼睛却炯然有神。

客车往前行驶的过程中，杨晓东看见呢子大衣进入副驾驶的位置。

车子拐了一个弯又继续跟上了客车。

他立刻想到应该取消奔赴桑多镇寻找格桑卓玛的行动。

但是，他没法不去想格桑卓玛。

几年以来，他一直在考虑去看看她。

到了最近几星期，他觉得自己再也不能把寻找的时间推迟了。

## 五

师生关系转变为情人关系，似乎是个很大的难题，但冲动却是解决这个难题的高手。

格桑卓玛在白羚市中等师范学校读二年级的某个夏日的中午，她终于给杨晓东打开了自己鲜嫩的肉体。

那是她第一次被一个成熟男人亲吻、抚摸、占有。

她在战栗中度过了慌乱、紧张、疼痛而懊悔的中午。

事后，她又觉得自己是幸福的，像个小猫咪依偎在她爱慕的老师的怀抱里时，竟然流下了激动的泪水。

而对杨晓东来说，那次性爱，是他生命中若干次的性爱生活中的一次。

那次性爱并没有给他留下太深的印象。

他只记得床上的一摊血迹，格桑卓玛战栗的肉体，和她擦干了又流下的泪水。

自从他与格桑卓玛有了肉体关系，一晃，好多年过去了。

对他来说，过去的一切不过是记忆的碎片而已，不过，当他身心都趋于安静的时候，这些记忆常常折射着或明或暗的光色。

他记得有一次他和她会面时，她正在用手绢擦眼泪。

他问她到底是怎么回事，她告诉他说，一天前，一个名叫伊丹才让的诗人去世了。

他观察到格桑卓玛是真情的自然流露，因为从她流的眼泪来看，伊丹才让的死亡似乎比她亲人的死亡更使她伤心。

杨晓东知道格桑卓玛没有见过那个传说中的老诗人，她只拥有一本《雪域恋歌》的诗集。他想不通一个已故老诗人炽热的情感为什么竟然能够打动一个少女的心。

由此他判断，她肯定是一个容易被感动的女孩子。

现在想想，所有他对她的记忆既清晰又模糊。

清晰的是他对她的爱，模糊的是他们之间的性爱。

有一次，他们俩从他们第一次做爱的宾馆回他的单身宿舍，格桑卓玛若有所思，显得寂寞而阴郁，令人惊奇的孤独。

他问她为什么如此沮丧，她告诉他说，你和我做的时候，简直像个旱獭。

在文学语言中，“旱獭”就是一个修饰词，有着绅士、蠢笨、可笑和滑稽等多种含义。

就是这一个修饰词，使他感到莫名的愤怒。

这种愤怒源于他对性爱的态度。

他认为，性爱是神圣的，高尚的，甚至可以说是洁净的。

但格桑卓玛对性爱的态度令他恼怒：旱獭，就是说他们之间的性爱是旱獭式的性爱，笨拙、可笑而滑稽。

难道她渴望豹子式的性爱，狂野、凶猛、敏捷而专注？

如果是这样，作为一个中职生，性的成熟是不是过早地被提前了，性的渴求是不是太强烈了？

## 六

下午二时，桑多镇终于到了。

杨晓东在洮水茶楼楼下下了车。

他发现，那辆盯梢的车还跟在他后面。

杨晓东的腿伤由于一路不曾活动越发严重，但他还是一瘸一拐地上到二楼，找到了约定的地点。

茶楼大厅里设有几个雅座，都用落地磨砂玻璃给隔开了，从走道里朝雅座里看，只能看到模模糊糊的影子。

他不便叫喊格桑卓玛的名字，就又回到楼下。

茶楼靠街的绿化带旁，停靠着那辆黑色的桑塔纳，车门上的玻璃已摇了下来，呢子大衣正冷冷地盯着他，但一碰到他的目光，又迅速将头扭向另一边，看路边一个正在大声吆喝的菜农。

杨晓东在茶楼前溜达了一会儿，心想也许格桑卓玛就在里边等着他，于是再次上到二楼一个雅座一个雅座地查看。

在茶厅最里边的雅座里，他终于看到了那张熟悉又陌生的脸。

格桑卓玛站起来。

她脸色苍白。

她微笑道，很难想象我们再次相见，竟是在这样一个地方。

杨晓东坐在格桑卓玛对面，他受伤的腿落在沙发上之后才舒服了许多。

格桑卓玛看着他的眼睛说，我知道你找我是为了什么，你来了我高兴不起来。

格桑卓玛不是一个爱唠叨的人。她只说了两句似乎已无话可说了。

直到这时，杨晓东才开始仔细地观察格桑卓玛。

几年时间里，她变化不大，脸部的线条依然那么柔和，眼神还是那么幽深，那么美丽。

只是那性感的厚嘴唇紧紧地闭着，使她显得矜持而成熟。

正是这种矜持，这种成熟，勾起了杨晓东心中暗藏的愤恨，他毅然决定粗暴地结束二人之间的对话。

他说，还记得我从前寄给你的那些信件吗？我想把它们全部收回！

哪些信件？她问道，惊奇抬了抬头。

就是我在里边时写的那些信，我至少寄了三十来封给你。

噢，原来是那些信，她说，我记起来了。

突然间，她双眼直勾勾地盯着他的眼睛。

杨晓东感到浑身不自在，仿佛她能看透他的灵魂。

没错，你的信。她重复道，我一直在读，读了一遍又一遍。谁会相信，你这个人会有那么多的为什么？

说“那么多的为什么”时，她把语气咬得很重。

你想把它们要回去？她的语气变得因为惊讶而听起来感觉很奇怪，他的行为显然出乎她的意料。

你到底想把那些信件怎么样？她问道，你为什么想把它们收回呢？

他说，收回来，烧了，撕了，要不就扔进垃圾箱，我想怎样就怎样！

是的，烧了，撕了，或者扔掉，都能发泄部分愤恨的情绪。

但杨晓东想知道的是他在牢狱中一直追问的那个问题——“为何如

此”，想收回信件，与其说是想收回一段绝望的告白，还不如说是想了解一段被人为掩饰的真相。

格桑卓玛摇了摇头，说，我决不会把它们给你的。

他顿时觉得那些信件已被隐匿在一个不可知的地方了，再也不会有出现在他面前的机会。

一想到自己的生活有一个片段白纸黑字地留在她的手里，他实在是受不了。

他真想拿起茶几上的烟灰缸，狠狠地朝她脸上砸去，把她砸成白痴，让她想不起那些信件她究竟藏在了哪里。

但他没有那样做，张了张嘴，欲言又止。

格桑卓玛突然笑了，虽然那笑持续的时间不超过半秒钟，杨晓东还是把它当成了一点获救的希望。

那种笑正是杨晓东当初给她诵读那篇写关于智慧线、生命线、事业线和婚姻线的愚蠢的短文时所听到的笑。

他也禁不住笑了，笑得真实而温暖。

## 七

和格桑卓玛的分手，是在她临毕业之际。

分手，极大地打击了杨晓东的自尊心和自信心，使他感到无限痛苦。

他觉得世界上发生的一切都不利于他。

他的工作也因此而干得稀里糊涂。

作为一名在白羚市中等师范学校小有名气的教师，他从此已经不能在课堂上意气风发口若悬河了。

老校长对他工作上的过失已经无法容忍，常在各种大会上不点名地进行批评教育，使得他成为堕落和失败的代名词。

他觉得他的命运之绳被不知名姓的神牵在手中。

就好像一个小说家无法对自己的作品进行自主的修改一样，他已经无法对自己的人生进行自主的计划与安排。

杨晓东一直是以一种极其纯真的天性的方式喜欢格桑卓玛的。

对他来说，如果说自己之所以爱上格桑卓玛，是因为爱；因为爱，所以占有。

这才是至关重要的。

想想吧，她的肉体一直是被她那闪光的心灵、谦逊的举止和得体的服饰完全掩盖着，从来没有向他显露过哪怕是最小的缝隙，让他从中可以窥见她那光滑的胴体。

但他还是依靠爱情得到了那无与伦比的肉体。

记得在与格桑卓玛同居期间，有一次，他的一个要好的朋友来拜访他。

见到格桑卓玛，朋友露出吃惊的表情，但当时没说什么。

后来有一天，饮酒后的朋友对他说："你怎么和那么单纯的女孩不清不白呢？"

朋友用了"单纯的女孩"一词来形容格桑卓玛，这在杨晓东的意料之外。

他笑了笑说："你不知道她的魅力在哪里！只有我知道。"

显然，朋友也并没有意识到爱情的最大奥秘：爱他（她）是因为对方有着不可言说的魅力。

因此，拥有一个单纯的女孩不是一个致命的错误，而是一场幸福的开始。

是啊，一个曾为未曾谋面的诗人的死而哭泣的女孩，即使她对他一会儿小鸟依人般的热恋，一会儿却冷若冰霜，但他始终像呵护金丝雀一样呵护着她，担心她受到伤害。

那么，为什么她要决然离开自己，并不惜编造谎言将自己置于铁窗牢狱呢？

## 八

杨晓东真实而温暖的笑使让格桑卓玛有点感动。

看来，这个心中充满着怨恨和愤怒的男人依然爱着自己。

这么想着，眼神慢慢地变得温柔，心里涌起一团暖流。

杨晓东觉察到了格桑卓玛的变化，他为自己的妥协感到羞愧。

那些信件到底在哪里？当年她为什么要那样？

这些问题在未弄清之前，作为前来讨个说法的他，不知不觉中却被对方的一笑把满腔愤怒给化掉了。

他正想收敛笑容板起面孔，雅座的门帘被一只手掀开了，一个一头黑色卷发的男人探头进来扫了一眼。

来人看到格桑卓玛，似乎有些意外，道歉说，哦，对不起，走错了！随即转身离开。

格桑卓玛问杨晓东，你认识这个人吗？他好像认识我，但我却不认识他。

杨晓东觉得对方十分脸熟，一时间竟想不起来到底是谁。

格桑卓玛揶揄地说，这个人，长着一张马脸，让人感觉不舒服，对吧！

这么一说，杨晓东想起来了：那瘦长的脸形和深陷的眼窝，不就是那个在加油站见到的躲在黑色桑塔纳中的另一个跟踪者嘛！

他突然觉得自己十分紧张，脸涨得通红。

掀开帘子朝外看了看，哪还有马脸男人的影子！

他回到原位，心中明白如镜：果然像他猜测的那样，他始终处在别人的监控之下。

那么，谁在监控自己？为什么监控？

他期望得到答案，但这答案显然是个谜。

他只好看着格桑卓玛，看后者能否给他某种提示。

格桑卓玛一脸茫然，像个愚蠢的贵妇。

格桑卓玛的傻样，使他突然想起一件往事来。

有一次中午，格桑卓玛来到他的单身宿舍。

午饭后，她主动要求睡觉。他笑了笑，觉得她已经热爱上性事了！

他趴在她身上，带着一种做作的癫狂搐动着，并发出一种绵长而含混的呻吟。

当他从云端跌落下来时，他惊奇发现，她就在他下面敞开着肉体，圆睁着眼睛专注而冷漠地观察着他的反应。

他瞬间感觉到了羞愧：呻吟的权利本该是女人的，但却让他给剥夺了。

而女人就在他的身下，像一个理性的观察者，沉着冷静地观察到了这一切。

他把头扭向窗户，躲避着女孩的眼光。

下午的阳光打在玻璃上，反射过来的白光耀得他睁不开眼睛。

他突然觉得她的眼光就像反射过来的白光，顿时使他无法看清自己的真实处境。

正在这时，房门被一脚踢开，闯进来两个人，前头是学生处的处长，表情诡异。

处长身后闪出老校长，背着手踱到床边，寒着脸盯着赤身裸体茫然无措的杨晓东。

格桑卓玛一声惊叫，用被褥裹住了身体，一脸的呆傻模样。

那次约会，对杨晓东来说是一个转折点。

从此，他背上了强奸犯的罪名，意识到自己的好运已经变成了厄运。

## 九

《白羚日报》上刊登着一张照片，一群穿着夹克衫牛仔裤的年轻人在手拉着手绕着圈子跳一种名叫锅庄的舞蹈。

背景是一片开阔的草原，更远处是一座银白的凝滞的雪山。

杨晓东想他能理解这些年轻人的心情。

他感到他们在地上踏出的圆圈是一个魔圈，能把他们围成一个浑圆的整体。

他们的内心充溢着一种强烈的想表达的愿望：他们是通过这种圆形舞蹈把理想和希望、快乐和幸福结合在一起。

杨晓东把那张照片从报纸上剪了下来，而且常常盯着它陷入沉思。

他的生存环境和人际关系构成了他的舞蹈魔圈，他处在这个圆圈的里面，作为参与者之一，配合他人跳着有节奏有秩序的舞蹈动作。

这个圆圈里，有他整个一生都要面对的那么一群人。

他和他们手拉着手在一个圈子里跳舞，却始终感觉到格外孤独。

他曾在白羚市的麻衣相专家和手相学学者之中寻找同志，在白羚市的音乐家、美术家和文学家中寻找知音，他甚至希望至少能和自己的学生们融为一体。

可他还是发现，虽然大家已经处在一个共同的魔圈里，但大家都谨慎地保护着自己孤单的身体，孤单的灵魂，和一种孤单的舞蹈。

他搂着格桑卓玛，却感觉到自己仍像一座孤岛。

他感觉到自己是在攀登人生的阶梯，从出生到上小学，再到上初中，上高中，上大学，分配工作，与同事相处，与女人做爱，每一步仿佛都在冥冥之中做好了安排，他只是一个木偶人，被无形之手牵制着往前盲目地奔走。

他一直想把握自己的命运，有所行动，有所努力，所以当他在课堂上发现格桑卓玛的演讲潜质时，竟然兴奋异常，在他的努力下，格桑卓玛顺利地登上演讲台，用语言给观众绘出了一幅亮丽的风景。

但现在，那道亮丽风景的制造者却躺在自己的怀里，此情此景，使他陡然生出一种犯罪感，对格桑卓玛的内疚之情油然而生。

他用手轻拍着她的脸，使她从睡梦里苏醒过来。

她睁开眼睛，对他笑了一下，说，让我再眯一会儿。

别睡了，快要毕业了。杨晓东说，你不是说上午还要去实习吗？

格桑卓玛只好爬起来。

她脱下粉红色的睡衣，在他的面前大大方方地换衣服。

她的成熟的肉体让他一阵骚动，但他还是抑制住了欲望，看她慢慢地穿戴整齐。

正是自己先前无法克制的冲动，把一个纯净的姑娘变成了校园里暗暗流传的反面教材。

他知道这一点，所以他对她十分内疚。

但格桑卓玛却不这样认为，她觉得他是她的伯乐，是他发现了她，不管今后的道路如何发展，她都有必要向他表示出感恩的心理。

她愿意把自己的身体给他，这不仅仅是表达知遇之恩，更是为了给他表达自己的爱。

格桑卓玛背上她的背包离开了他的单身宿舍后，他的那种孤独感瞬间就被放大了。

他也锁上门，在校园里独步。

早操刚刚结束，操场上只有几个背书的学生，看见杨晓东，相互交流着眼神，远远地避开了。

他知道自己与格桑卓玛恋爱的事，已经不是秘密了，或许他们同居的事，也被他人早就觉察到了。

他的孤独又加重了一分。突然，他抬起头，好像感觉到某种隐约飘荡的东西，或者感觉到了微风的翅膀，或者是遥远的地方吹来的花香。

他停了下来，在他的心灵深处，他听到某种野兽发出的反叛的尖叫声。

他在那里站了一会儿，奇怪地感到焦躁不安。

后来，那种神秘的来自心灵的声音，突然就消失了。

## 十

茶馆窗户外的水泥台边上搁着一盆秋海棠，在下午的阳光里显得病恹恹的。

杨晓东的心情渐渐平静下来，他想起格桑卓玛也曾经在一株秋海棠边盛开过灿烂的笑容，那已是她上中专时候的事了。

那时候，她是多么美丽，多么单纯，多么令他爱怜。

想起这段往事，他顿时对眼前的她萌生出无限爱意。

他冲动起来，伸出双手盖住了她搁在茶几上的手。

她愣了一下，想抽回手，却又停止了动作，只是抬头看着他，眼睛里露出一丝惊异，一丝感动，一丝幸福。

你不恨我吗？她问道。

恨，以前恨。杨晓东说，现在不恨了，恨不起来了。

他想把她的形象从他生活的影集中抹去，并不是因为他们已经形同陌路，而是因为她背叛了他。

在狱中的时候，他试图把她从自己心上抹去，把自己对她的爱也抹去，就像抹去画布上绚丽的晚霞一样。

但他却是一个不能改写历史的人，更不是一个容易遗忘往昔情爱的人。

格桑卓玛的眼圈红了。我以为你还在恨我，这几年我过得一直不好。

听说了，杨晓东说，在里边我就听说你这几年过得不怎么好。

就是，格桑卓玛说，你进监狱后，我就留校了。

我知道，你很优秀。

不是，不是因为我优秀，而是因为我懦弱。

说这话的时候，格桑卓玛低着头，似乎不敢正视杨晓东的眼睛。

什么意思？

杨晓东一时紧张起来，他感觉到蒙着真相的轻纱正被格桑卓玛缓缓揭开。

你记得你在狱中写给我的那些信件吗？她说，那些信件到我手里的时候，已经被人看了。

谁？谁有权利看你的私人信件？

杨晓东格外震惊，他无法想象这种事情竟在自己的身边发生，尤其不相信竟发生在格桑卓玛的身上。

他不让我给你回信。他控制着我！

格桑卓玛没有回答杨晓东的追问，而是继续在诉说，仿佛在自言自语。

到底是谁？杨晓东感觉到自己的声音都变了，你告诉我到底是谁？

格桑卓玛从挎包里拿出一块折叠着的报纸，打开了，取出两张照片，递给杨晓东。

## 十一

自从一脚跨进监狱的门槛之后，杨晓东的心仿佛沉入了冰窟。

他不再相信任何人，甚至也不和探监的母亲说话。

母亲，这个乡下的农妇，听说儿子进了监狱，就昏厥过去，醒来后，在死去丈夫的坟上大哭了一场，一大早就带着女儿赶了一天的路，到黄昏时才到白羚市监狱。

刚刚见到儿子，又昏厥过去。

杨晓东寒着脸听母亲哭，心里的痛苦无法表达。

他的妹子，一个十六岁的初中生，也陪母亲有一茬没一茬地哭着。

杨晓东始终不说话。

第二天，不知母亲从哪里打听到儿子入狱是因为强奸了一个女生的缘故，感到深深的耻辱，哭得更厉害了。

可怜的老女人，她被无形的道德谴责给压趴了。

在母亲的哭声中，杨晓东感觉到自己正在坠落，无可救药地坠向了深渊。

其后半年的时间，他的母亲和妹子不断地探监，不断地哭泣，这种行为似乎又推了他一把，让他坠得更快些，更深些。

除了不断地坠落之外，他只想探寻一个疑问：格桑卓玛，你这样做，究竟是为了什么？

似乎只有这个问题被人解答，才能把他从深渊中解救出来。

过了几天，母亲回去了，妹子也回去了，他的疑问却始终没有得到解答。

他开始给格桑卓玛写信，一封，两封，三封，五封，十六封，二十四封，三十二封，封封都在追问一个问题：为什么这样？

但寄出的信件却石沉大海，没有回函，没有答案。

和信件一样杳无音信的，还有亲人的关爱和牵挂。母亲来了三次，就不再来了，她羞于见到犯强奸罪的儿子。

而正处在特殊年龄的妹妹，就更加无法谋面了。

有时候，看着铁窗外的圆月，他就想起舞台上的格桑卓玛，想起她的优雅，她的单纯，她的羞涩，她的突然起诉，就深感迷茫而愤怒。

看到窗外的三棵落尽黄叶的白杨树，就想起乡下的母亲，哭泣的妹妹。

冬去春来，当草木葱茏万物向荣，就想起学生，想起同事，想起那个长着山羊脸的一本正经的老校长。

想着想着，竟陷入沉默，流下几行冰凉的泪水。

他提不起一点精神，灵魂也似乎成了软软的一摊泥，一旦扑倒在地，从此将不再起来。

## 十二

两张照片都是彩色的，一拿到手，杨晓东的头就大了！

第一张是室内照。

画面上只有两个人：老校长和格桑卓玛。

两人并肩坐在一张沙发上，老校长的左手搭在格桑卓玛的肩膀上，几乎是搂抱的样子。

老校长背靠着沙发，一脸慈祥，露出幸福的微笑。

格桑卓玛双手搁在膝盖上，身体略略前倾，仿佛要挣脱老校长的臂弯，目光惊慌而无助。茶几上摆着几盘水果，色泽鲜艳诱人。

第二张也是室内照。

一个女孩坐在男人腿上，头部略往后仰，背对着观察者，正好挡住了男人的脸面。

那个男人左手搂着女孩的脖颈，右手拥着女孩的腰肢。

两人显然在接吻，穿着打扮与第一张照片一模一样，显然是在同一地点采用同一角度拍的。

杨晓东拿着照片的手颤抖起来，他痛苦地问格桑卓玛：这些照片是谁拍的？

格桑卓玛似乎不愿回忆往事，回答得非常简单：老家伙自己拍的，自动拍照吧！

杨晓东被激怒了。

先前，由于真相的不可知，他始终有种被置身于另一种牢狱的感觉。

而现在，两张照片暴露了所有的秘密，恍若牢房的四壁被一一拆掉，将他置身在愤怒而伤心的历史舞台。

其实很久以前就该怀疑那个躲在幕后的老人了。

多年来杨晓东一直被假象所迷惑，就像基督山伯爵被一系列的变故所迷惑一样，他与格桑卓玛的爱情从一开始就走上了悲剧之路。

他恍然大悟：老校长其实想把他从格桑卓玛的记忆中抹去，只留下自己祖父身份的畸形爱恋。

在这场畸形爱恋隐秘展开的道路上，杨晓东其实就是一个令人生厌的黑点。

为了消除这个黑点，老人将自己化为一团偷窥者的影子，开始在暗处有计划地摆布两个棋子的命运。

想到这里，杨晓东霍地从座位上站起来说：我这就回去，我去找找那个老东西。

格桑卓玛伸手拉住了他，不要，不要这样，事情一闹大，你让我有啥脸皮活在世上！

脸皮？你顾脸皮，我已经没有脸皮了！杨晓东说，我母亲和我妹子在耻辱的阴影中已苟活了几年了！

杨晓东一掀帘子大步跨出包厢，咚咚咚地径自走了。

只留下格桑卓玛一人，愕然地愣在那里。

## 十三

但格桑卓玛再也没有等到杨晓东回来。

一位好事者冲进茶馆，对茶馆老板说：从你的茶馆里出去的那个人，被一辆黑色的桑塔纳给撞了！

茶馆老板一听，顿时瘫倒在吧台后面。

好事者似乎还不放过茶馆老板，哆哆嗦嗦地说：那个年轻人像只受伤的麻雀儿，飞到路边的草丛里，再也没有爬起来！

格桑卓玛惊叫一声，跑了出去。

由于匆忙，经过好事者身边时，她的挎包击打在了对方的身上。

好事者惊愕地瞧着她的背影：这婆娘是不是疯了？

格桑卓玛挤在围观的人群中，脸色苍白。

她感觉到自己双腿发软，就要倒下去了。

她无法哭泣，也无法说话，脑中一片空白。

下午的阳光艳艳地照在杨晓东的后背上，就像一面温暖的薄薄的被单，覆盖了他的过去和现在。

过了一阵，格桑卓玛才在路旁的栏杆上扶正了自己的身体。

这时候，警察来了，救护车也来了。

她茫然地看着警察拿相机啪啪啪地拍照，茫然地看着医护人员用咯吱作响的担架，抬走了杨晓东沉重的尸体。

半个小时前，这具尸体还充满着忐忑、渴望和恼怒，活生生地坐在她的对面。

而现在，这具尸体已经悄无声息，从她的视野里慢慢消失了。

围观的人群哄然散去。

格桑卓玛晕晕乎乎地往回走，感觉自己的身体越来越凉，越来越重，越来越无力。

两天后的傍晚，一老一少两个警察找到了她。

年长的警察开门见山地说：听说杨晓东死亡那天，你和他曾在茶馆里喝过茶，是吧？

这两天，她一直在猜测到底是谁撞死了杨晓东。

她隐隐约约地觉得，事情可能与占有她的那个老人有关，但她却没有任何证据可以使死者永远地闭上双眼。

即使自己有证据能使死者开颜欢笑，但又有什么意义呢？

再说，当年起诉杨晓东强奸她，她自己早就是白羚市里有着众多污点的女人了，谁能相信一个“坏女人”的证词呢？

于是，面对警察的询问，她承认自己约了杨晓东聊天，但她强调：杨晓东的死，与她没有任何关系。

她说：你们已经知道是辆桑塔纳撞了他，直接问肇事者，不就啥都清楚了吗？

警察说：肇事者早就跑了，车也没有牌照，目前根本无法查出是谁撞的。我们找你，就想尽快破案，你要配合我们的调查。

她只好将自己和杨晓东的那段纠结情事一五一十地告诉了警察，但她有意识地隐藏了污浊和黑暗的部分。

她认为，随着杨晓东的死亡，那些不堪回首的插曲，都将成为遥远的过去。

她甚至认为，杨晓东的死，带走了她的一切秘密。

他的死，给了她一个全新的自己。

于是她尽大可能地美化了她和杨晓东的爱情故事。

在她的讲述中，那段爱情是美好的，艳丽的，温情的，也是无助的，令人扼腕叹息的。

年少的警察早就停止了记录，这个二十出头的青年，伸直了脖子倾听着，唯恐漏掉任何一个细节。

而年长的警察，也在格桑卓玛讲述的间隙，点着了香烟，将身体陷进了沙发里。

他们像杨晓东一样，追寻着事件的真相。

我匆匆看完，念出“高层显，中层阔，低层也要过生活”一句后说：“老哥，您批判的锋芒还是不减当年！”

“有些人，就该讽刺，该批判。我这还算是笔下留情了！”

我忙岔开话题：“感谢老哥关心《阳光》，稿子先留着。主编正在出差，她回来后，我就呈给她，您看行不？”

“好。你们的领导我也认识，过两天我给她打个电话，说说这事。”

于是不再说稿子的事，闲扯如何度过退休时光的话题。正聊得热烈，有人过来找我办事。丹珠见我忙，就遗憾地告辞了。

三天后，主编出差回来。

我忙把丹珠的诗稿拿给主编，请她定夺是否采用。

主编是白羚市有名的女作家，大家对她，自然特别尊重。

她仔细看完了丹珠的《年度述职报告》，笑了：

“你看这稿子怎么样？”

“我觉得是篇劝人静心教人向善的作品。”

“这种怪模怪样的诗歌，我担心发出来后，有人笑话呢！”

“嗯，标题写成《年度述职报告》，倒合乎他的性格。”

主编又笑了：“都退休的人了，还写这样的诗词，估计他心里有疙瘩，还没消散呢！”

我建议说：“要不请他改个标题，用笔名发，您看行不？”

“这样处理也行。你跟他协调一下。”

我拨了丹珠的手机号，只响了两声铃，电话就通了：“喂，哪位？”

“老哥好，是我。”

电话里，他的声音洪亮清晰：“听出来了小兄弟，是稿子的事吗？”

“啊呀老哥，未卜先知啊，我确实要给您汇报稿子的事。”

当我说了改诗名用笔名两个要求后，丹珠沉默了。

我还想解释，他却挂掉了电话。

我正在纳闷间，他又打了过来：

“这几年我也在看你们办的《阳光》杂志，发的那些诗歌，朦朦胧胧的，叫人怎么读都读不懂。那算什么文学创作？我看就是瞎胡闹。我这首诗歌，是关注当下干部职工的生活的，是来自底层的，你们竟然还要我改！我告诉你小伙子，这两条建议，我都不能接受。你们不用，我就投给别的刊物！”

说完，他又挂了电话。

这段话，他几乎是连珠炮般说的，声音里的愤怒，完全能感受到。

我顿时就蒙了。我把老人的意思反馈给主编，主编很是感慨：

“人们说得没错，他还真是个怪人！”

二

人们说丹珠是怪人，是有原因的。

上民大时，他喜欢写诗。

先用藏文写格律诗，在校园里有了些声名。后来嫌读者面过于窄狭，就学着写现代诗。刚开始学朦胧诗，写得有模有样的。

大三那年，他的作品竟然在省级刊物《敦煌》的“大学生诗苑”上发了。

这一发，就不可收拾了，他以旺盛的创作力，在很短的时间里，写了二百多首诗歌，搭了辆出丛书的便车，出了诗集《桑多歌谣》，从此跻身于校园诗人之列。

毕业后在桑多镇的一所中学任教时，也没放下写作，既然诗名在外，就由着自己愤世嫉俗的性格，不再写别人读不懂的朦胧诗，改写口语诗，内容多以讽刺社会不良现象为主，一不小心，又成为桑多镇上为数不多的口语诗代表诗人之一。

名气渐盛，就不再踏踏实实教书，摆出不想在学校里待的样子。

年近花甲的老校长，在听了师生的反映后，找他谈话，和颜悦色地给他摆事实，讲道理，试图感化对方，让他重新回到教学工作中来。

谁知他不尿对方："少给我讲这没用的道理了。就是你们这些所谓的教育家，使我们的民族教育大业，陷入了泥沼！"

校长气得差点背过气去，讲理不成，只好使出撒手锏，命他限期调离：

"你想去哪就滚到哪去，少在这里误人子弟！"

别人觉得丹珠的生存出现了危机，都替他捏了一把汗。

但他笑了："啥单位嘛，又穷又左的，我巴不得离开呢！"

从此不上课了，一边在家休养，一边想法子换单位。

不久，折腾到了白羚市文联，在《阳光》编辑部当编辑。

他一改在校时短发短须西装领带的模样，留起长发，蓄起胡须。

衣服，也随着个人的喜好穿：紫色夹克衫配蓝色灯芯绒裤，脚蹬陆战靴，像个新时代的旗手。

要么就穿红色风衣，骑辆金色五羊牌摩托，箭一般地在街道上狂飙。

"这才是诗人的样子！"他自己这样评价自己，别人也这样评价他。

按说，他的当编辑做诗人做骑手的生活，这下算是安定了。

然而不，他又开始筹划入党的事。

他给朋友们宣告说："我要做个又红又专的诗人！"

未曾料到的是，他的入党行动，刚开始就遇到了阻力：市文联的一把手，是毛泽东时代过来的干部，看不惯他吊儿郎当咋咋呼呼的样子，偏偏不让他做“又红又专的诗人”。

结果，他的入党申请书，安安静静地在一把手的抽屉里躺了几个春秋，愣是没有出世。

不但没出世，还引出一把手的指责：“看看他怪模怪样的打扮，疯疯癫癫的行为，神经兮兮的诗歌，哪像个要当党员的样子！”

有人把这话传给了丹珠。

他听了，给传话者说：“我曾经写过这样一首诗，你听啊！”

庄院里的骡子，看不到骏马奔驰的身影。

屋檐下的麻雀，看不到飞鹰翱翔的雄姿。

传话者说：“你嘴甭犟。看样子你在文联也待不下去了！”

丹珠急了：“此地不留爷，自有留爷处！”

于是这个自称爷的诗人，又把自己折腾到了白羚日报社。

报社的总编，听说是他的远方亲戚。

有了这层关系，他的命运终于发生了重大的变化：两年过后，圆了入党的梦，而后摇身一变，成了广告部的副部长，专门负责日报的广告信息业务。

这期间，春风得意的他，却被爱情冲昏了头脑，爱上了一个没工作但会唱拉伊（情歌）的美女。

人们替他惋惜：美貌和拉伊又不能当饭吃，娶这女人做媳妇，就是个累赘嘛。

可他不听劝，骂别人狗拿耗子，还是勇敢地把美女娶进了门。

副部长当了两三年，使唤人上了瘾，他就撇下文学，一心一意研究做官的门道去了。

“文学是啥？就是个抒发感情的东西，当敲门砖用用也挺合适的。现在，我早过了抒情的年龄啦！”同学会上，他撇着嘴这样说，摆出已经把文学完全看透了的样子。

先前爱他敬他崇拜他的文友们，听到这话，心里有点痛，慢慢地，就不和他来往了。

他也懒得搭理文友，只撅着屁股在仕途上努力。

这努力还真有效果，一年后，成了要闻部的部长。

又三年，成了白羚市宣传部的副部长。又三年，回到白羚日报社，成了总编了。

“是鸿鹄，就不能待在屋檐下。”他这样总结鼓励自己。

在鼓励自己的同时，他开始在报纸上写政论性的文章。

因为自己是总编，在发表文章时，不好意思用真名，就起了个笔名：草原旗手。

这笔名起得真好，愣是让人不得不关注他写的关于民族教育、民族区域自治的文章。

读了，就不得不赞叹：这家伙写的文章，确实又有视野，又有见地，又有态度。

类似的文章发得多了，就有人打听这“草原旗手”到底是谁。

没有不透风的墙：“那草原旗手，就是丹珠主编嘛！”

于是人们议论纷纷：

“他起这笔名，到底是啥意思呢？”

“谁知道呢？”

“那他为啥在自己主管的报纸上发自己写的文章呢？”

“饭店的老板，也可以当大厨啊。”

有人又把这些议论传给了丹珠。

丹珠一听，气得拍起桌子：“怎么有这么多专抓耗子的狗呢？我不但要发，还要出成书呢！”

## 三

丹珠说到做到：他真出了书。不过，是几年之后的事了。

那时他在市党校当校长，我呢，在某校校庆办公室，忙着撰写校史。

某月某日，他来找我，不敲门就进来了。

我说：“啊呀老哥，你看我忙得晕头转向的，不知道您老人家来了！”

丹珠坐定后，跷起二郎腿，问我：“你在研究啥？”

我把校史资料往他跟前一推：“都是和这所学校有关的东西，要选出有用的。感觉像理乱麻！”

“不要那么卖力。鞭打的快牛，你不知道吗？”

“真理啊老哥！”

“别拍马屁啦，来看看我新出的书。”

他从公文包里掏出本暗红色封面的书，厚厚的，书名《丹珠文集》，字是毛体，烫了银，左下角的出版社名也是银色仿宋字体，看起来美观大方，有种热烈喜庆的味道。

翻开，一看目录，顿时让人哑然失笑，书中竟然把政论文、讲话稿、新闻稿和诗歌都囊括了，虽然被分成了四辑，但总给人不伦不类的感觉。

第一辑政论文，首篇是《学习邓小平理论的体会》，并且在文末注明了出处："原载《白羚日报》，入选《中国发展研究文库》。"

可见他对这篇文章，还是特别重视的。

第二辑讲话稿，收录了他担任桑多日报社总编期间写的政论文，篇幅之多，足足占了书的一半。

第三辑新闻稿，首篇是人物通讯《白羚民族中学，我为您自豪——记白羚民族中学的创建者丹珠》，其他内容，也是他以通讯员身份发表的消息、通讯之类文字。

第四辑诗歌，还是他的首部诗集《桑多歌谣》里出现过的新诗，不过显然是被精选的部分。

"老哥，恭喜您又出新书。要不要搞个发行仪式什么的？"

"那是要搞的。不过你先说说对这本书的印象。"

"说实话，您这书猛地一看，像个大杂烩。"

他有点不悦，斜眼看我。我赶紧解释："整个书的效果，看起来挺好的。不过，第三辑那篇人物通讯，显然是别人写您的，为啥要收进文集呢？"

他说："这牵扯到一件往事。你先给我添个茶，我慢慢给你说。"

我一看，他早就把茶水喝干了，忙添满水。

他问我："教育局的虎局长，你知道吗？"

"知道啊，现在还是白羚教育界最牛逼的人。"

他冷笑一声："牛逼个球，不过是个夺人成果的二货罢了！"

"他夺了谁的成果？"

"我的！"

原来，自离开白羚日报社后，他就负责白羚市民族中学的筹建工作。

市上某领导任筹建组组长，他任副组长。

在组长的带领下，他们疏通渠道，四处求援，争取建设资金。

历时一年多，工程终于破土动工。两年后，一所初具规模的学校，在荒芜之地上拔地而起。

正当他踌躇满志地着手校园美化、室内装修和招生工作时，他又被组织任命为白羚市党校的校长。

在难以言说的怅惘和喜悦中，他离开了辛辛苦苦打拼出的一亩三分地。

接替他副组长职务的，正是现在的虎局长。

那时，当然叫虎校长，是个干劲十足的人。

在组长的鼎力协助下，虎校长有效地完成了学校的后续建设工作。

一年后，白羚市第一所民族中学，宣告成立。

之后，年轻有为的虎校长，带领最新组建的教师队伍，花了六年的时间，把学校第一批民族生送入国内的民族院校，考学率达到了百分之九十。辉煌的成绩，为虎校长铺就一条通往教育局局长的鲜花之路。

这个意气风发年近不惑的实干家，如愿以偿地坐上了局长的宝座，成为白羚教育界的风云人物。

然而，新局长还没当够两年，实干家就变成了邀功者，性格上也变得刚愎自用，在许多公开场合，开始吹嘘自己当年创业的艰辛，而今奋斗的锐气，和今后开辟的蓝图。

“他把创建白羚市民族中学，当成了他最重要的政绩。我的付出，其他人的付出，他根本不提一个字。”丹珠说，“你看，竟然有这样的不要脸的人！”

我说：“这就是你把这篇通讯收入文集的原因？”

“就是，我就是要告诉别人真相！”他说，“历史真相，是不能被别有用心的人歪曲的，也是不能被时光淹没的。”

我说：“老哥，白羚市民族中学究竟建于谁手，对你来说，真的这么重要吗？”

他奇怪地看着我，语调忽然变高变重了：“怎么不重要？我给你打个比方。若你是个女人，日思夜想有个娃娃，机缘来了，那小生命真的出现了。你辛辛苦苦怀了九个月的胎，眼看着他生下来，眼看着他慢慢长大，那种幸福感和自豪感，应该是有深刻体验的。但是，突然间，有人说这孩子不是你生的，是她生的。你愿意吗？显然不！你不生气吗？生气极了！”

他说得蛮有道理，我不知该怎么回答，只好翻到《白羚民族中学，我为您自豪》细看。

这则人物通讯分为四节：“艰难创建路”“深远教育情”“十岁话硕果”“不悔当日行”，讲述的是桑多民族中学创建的艰难历程，歌咏为创建学校付出心血的相关领导和各界人士，也介绍了学校多年来的办学成就，最明显的一点，是强调了丹珠——学校重要创建者之一的自豪和欣慰。

之后的另一篇文章《难以忘怀的无悔往事》，更是用抒情的文字，细述他和白羚市民族中学的种种关系，强调他选择筹建新校这一抉择的无怨无悔。

一杯茶已经喝败了，但他的讲述还没有结束：

“歪曲事实的人，迟早会走上歧途。”他说，“你等着，不久他就会一跤跌倒摔个大跟头的！”

事情竟让他给说中了：半年后，不知什么原因，虎局长突然就被调离教育部门，去了一个闲得能生出故事和虱子的单位。

## 四

“小兄弟啊，你老哥是过来人，能看出子丑寅卯的。”

退休后，丹珠似乎闲着没事干，总是找各种借口来找我。

一来，就坐好长时间，不喝败杯里的茶是不会离开的。

其间，总是说些官场里的事。

他口才好，思维又敏捷，在絮叨的过程中，几乎没有停顿。

他总是关注着虎局长的升迁，当听说虎又被调往市志办担任主任后，他使劲搓着手掌，露出幸灾乐祸的神情：

“我早就看出他不是个东西，这不，市志办主任，就是他最后的归宿啦！”

白羚地区冬日漫长，夏季短暂，春天刚过，全国各地的文艺协会就计划着来领略桑多优美壮丽的自然景观和博大深邃的佛教文化，因此我的手头有很多工作需要尽快处理。

但丹珠的不请自来，严重地影响了我的工作。我只好委婉地提出建议：

“老哥，今天就聊到这吧，下次我专门抽个时间，找个地方请您坐坐。您看行吗？”

“啊？想赶我走吗？”他生气了，脸上腾起红晕，脖子也红了。

“不是不是，就是觉得在办公室里聊天，挺不合适的。”我解释道。

“哦，我明白了。那你把我的《年度述职报告》安排在第几期了？”

“请您改题目，您不改，换个笔名发，你也不同意。我们只好先搁着啦！”

“被搁置了？小伙子，翅膀长硬了啊，我开始搞文学的时候，你还在噶卡噶昂（藏文入门字母）呢！”

我又蒙了，心底生出了恼怒。正待回几句，他又笑着说：

“我跟你开玩笑呢，你别往心里去。”

我不知道他说的是假话还是真话，就没吭声。

“那个述职报告你们觉得不合适，就先不发了。我这里有个自传，你给我把个关。”

“谁的自传？”

“我的。”

我着实吃了一惊：“老哥您开始写自传了？”

他得意地笑了：“写了个草稿，大概五万多字，还得补充。”

在我有限的阅读视野里，写自传的，不是著名的政治家、军事家、科学家，就是有影响力的作家诗人、影视明星、节目主持人，或者在其他领域有突出贡献的人。

对一个退休的地方老干部写自传，还是第一次听到。

“老哥写自传，有啥目的吗？”

“我这一辈子，可以说是跌宕起伏的一辈子。我要写出一生的经历，一来给自己有个交代，二来想给我的子孙后代留个东西，让他们知道父辈们创业的艰辛。所以，我这一辈子，白纸黑字地记下来，是很有必要的。”

说着，他拿出厚厚一叠书稿。我一看，文章名《草原赤子》，副标题是“我的一生”。再看目录，煞是有趣：

第一章，在桑多河畔成长——我的少年时代；

第二章，走向我的青春——我的大学时光；

第三章，大河里的鱼——我的教书生涯；

第四章，草原上的格桑花——我的文学梦；

第五章，在白羚市文联的日子——我的精神家园；

第六章，曙光里的白羚人——我的报业生涯；

第七章，草原深处教育情——我与白羚民族中学；

第八章，党员的起跑线和加油站——我的党校；

第九章，夕阳下的壮丽景色——我的晚年生活。

天哪，九章内容，五万多字，密密麻麻的四号仿宋字，看得我脑袋都大了，有种晕晕乎乎的失重的感觉。

“你慢慢看，别急。看完后给我提几条建议。”

我都不敢接话了。

“等定稿后，先在《阳光》上发表，然后我就出书，搞成公开发行的。你看如何？”

“老哥，没必要搞成公开发行吧，印那么多，没人买的。”

“这你就想错了，越是这样的传记，越是有人买。你要知道，我的经历，就是我同龄人的经历，就是老百姓在大时代大背景下的生活，谁还不感兴趣呢？”

我只好说：“老哥说得有道理。”

他交代说：“闲话不说了，你慢慢看，看完后给我打电话啊！”

说是让我慢慢看，才过了一周，他的电话就来了：

“小兄弟，你看完了吗？”

“老哥，还没呢，最近特别忙。”

“忙不是理由，你要重视它，不要应付我。”

“老哥放心，我一定尽快看完。”

我只好抽出时间，扎扎实实地看。

这不看不知道，一看，确实吃了一惊。

自传中的这个人，的确是有血有肉的草原人，人生理想的开拓者，有担当有情趣的少数民族干部。

看他以细腻的文字、丰富的情感，清晰地抒写了他经历的六十五个春秋。

这段漫长的人生岁月，他用的是素描手法，个别地方浓墨重彩，令人嗟叹人生的多彩、情感的深沉和命运的起伏。

在第九章“夕阳下的壮丽景色”中，他大量使用了自己写的以安天知命为内容的旧体诗词，并摘录了颜氏家训和曾国藩家书中的部分内容，又将藏族传统的家庭教育要义融于其中，可以说是一章强化自身修养、重建家教模式的人文教育文本。

在我唏嘘感叹之际，他的电话又来了：

“小兄弟，你看完了吗？”

“看完了，看完了。”

“有什么建议吗？”

“老哥，看得我差点哭了，哪敢提建议啊！”

“你别哄我，说实话！”

“是实话，从来就没这么感动过。”

“那就好。真的没啥建议？”

“有些错别字，我都标出来了。”

“好啊，你改过来，我再补充一些内容。”

半月后，他把补充好的稿子又带过来，要求在《阳光》上发表。

这天，正好主编也在。

他就先把自传给了主编，两人聊了很长时间。

他离开后，主编喊我商量事情：

“听丹珠说，你看完他的自传了。你认为写得很好，是吗？”

“就是，挺感人的，写得也细腻，很真实。”

“那你的意思是要在我们的《阳光》上发？”

“这个主编您看吧，我吃不准。”

“我觉得不好发，因为太长了，而且……”她迟疑了一下，还是说道，“他还算不上桑多一带的响当当的人物，这自传发出来，读者会不会说闲话？”

“就是，您的这个顾虑，是对的。”

“要不这样吧，我刚才也给他建议了，就按他的想法，先出书。书出来后，我们可以节选其中的章节发表。”

“嗯，这样处理，挺好的。您估计他的自传出来，有人买吗？”

“这个时代，没有多少人会关注平民的一辈子的。”

“那我们杂志上发多少内容合适呢？”

“如果是小说，五万多字的，我们可以全文发。但这是人物自传，我们还是谨慎一点，免得惹来不必要的麻烦。”

“嗯，我明白了。”

“以后你看完作者的稿子，无论好坏，都不要急于表态。”主编说，“这样我们周转的余地大一些。”

## 五

丹珠的自传《草原赤子》终于出版了，据说是他自己掏的腰包。

因此只印了一千册，出版社留了二百本，其余的，都返还给了丹珠本人。

果然如主编所料，没人愿意买丹珠的自传。

他只好拿着自传到处赠人。先列了一个赠书名单：

第一类，小学至大学的同学，凡是常联系的、健在的，都送；

第二类，工作过程中认识的新闻工作者，凡是还在搞新闻工作的，都送；

第三类，白羚市和桑多镇的作家和诗人，凡是对得上眼、能谈得来的，都送；

第四类，家人和亲戚，凡是晚辈和平辈，都送。长辈，要了就送；不要，就算了。

每赠送一本，他都要在扉页上写些字。给同学送的，他写“请某某同学翻阅”。给新闻工作者送的，他写“请某某同志指正”。给作家和诗人送的，他写“请某某先生女士雅正”。给家人送的，他什么也不写。

就这样又付邮资又跑路的，送了一大圈，三四百本出了手。

余下多半，都沉默地躺在书房里。

有次我在路上碰到丹珠，问他的自传销售和赠送的情况，他说：

“要的人挺多，都快没有了。我决定再版，印三千册，我想总该够了吧！”

“老哥，很多人的诗集白送给人，人家都不想看。你的自传倒好，成行时货了！”

“诗集，读者面太窄。再说你们写的那些朦胧诗，很多人都看不懂的。”

“也是啊，现在出诗集，的确不好卖。”

“不是诗集不好卖，是新诗集子不好卖。旧体诗，我看还是有市场的。”

他说自己在整理近年来写的旧体诗词，准备古典雅致地出一本。

我说也对，像省上的某某、某某、某某某等都出了这样的诗集，卖得怎么样不知道，但常常获这样那样的大奖。

他听了，撇了撇嘴：

“你说的这些诗人，我成名的那些年，他们还在模仿的道路上蠕动呢！”

“现在，他们可有名气了，”我说，“有的已经走向了全国。”

他露出怀疑的表情：“他们那样的作品还能走向全国？”

“是啊，他们的作品越写越好，有了大的影响。”

“哦，那我赶紧整理诗集，印出来，也挽回一下逝去的名气。”

我突然伤感起来。想当年，他是桑多镇有名的诗人。

后来，因为人生中的不如意，远离了文学，走上了仕途。

而今退休后，过不惯百无聊赖的日子，竟然萌发了回归文学的念头。

不过，静下心来想一想，做出他这种选择的人，在白羚文学圈，还是比较多的。

当初他们确实把文学当作仕途上的敲门砖，门开了，进去不长时间，就把文学当作了弃妇。

仕途不如意，或者脱了乌纱帽后，就又把文学紧紧地抱在怀里，仿佛这才是他们此生真爱过的女子。

这断了二十多年的爱情，还能重续前缘吗？

或许能。丹珠通过我，通过《阳光》杂志，还在努力续着这个缘，因此总是给我打电话。

在电话里，他最喜欢说道文学、议论文友了，絮絮叨叨没完没了。

起初，我耐着性子听，间或插一两句。

一插话，越发勾起了他的表达欲，话就更多了，一说就是半小时。

我实在没法子，只好戴上耳机边听他说话边干手里的活，偶尔嗯嗯嗯地应几声。

后来，只要见是他的来电，就眼发黑头发昏的，但又碍于忘年交的关系，不得不接。

这一天，他又打来电话，我犹豫了片刻，还是接了。

这次他倒干脆利落："小兄弟，我的诗集出来了，你到我家来取吧！"

我赶紧买了些礼品，去了他家。

开门的，是他媳妇，当年唱拉伊的美女，成了满脸皱纹头发斑白的老人了。

他呢，坐在茶几后，涨红着脸，很愤怒的样子。

茶几上，堆着他新出的诗集。有几本凌乱地趴在瓷砖地上。

"老哥，您给我打电话时，听起来还好好的，这一会儿工夫，就凶神恶煞的，到底发生了啥事？"

他不回答，瞪了老婆一眼，他老婆就哭出声来。

"哭个屁，你个小气鬼！"他骂起老婆来。

我忙劝解："都老夫老妻了，就别吵啦！"

他老婆带着哭腔对我说："钱都出上书了，那书能吃还是能喝？我抱怨了几句，他就摔这摔那的！"

他跳了起来："我就好这一口，就你管得多。万一哪天我死了，肯定是让你气死的。"

我忙把他老婆拉进厨房："嫂子，您别抱怨老哥，写诗出书，是他的精神需求，您就理解他吧！"

他老婆抹着泪说："本来我挺理解他的，可他一出书就花钱。上次出什么自传，花了两三万，这次出这个破书，又花了一万多。我辛辛苦苦攒下来的钱，就这样叫他折腾完了。真的，出这破书干啥？还不如花这个钱去拉萨朝拜，敬个佛，积些德，那才有作用。”

忽听得客厅里又传来书籍被摔的声音。

我赶紧走出来，把地上的书一本一本拾起来，整理好，摞在茶几上。

丹珠说：“这个臭婆娘，越老越糊涂，根本就不考虑我的感受。”

我说：“嫂子是过惯了苦日子的，出书花那么多钱，换成谁，都会心疼的。”

这样一说，他的眉头才舒展开来，这才招呼我坐下，又倒了杯饮料：“你先喝这个，我们说说诗集的事。”

他又一次说到做到了，这次出的，是本旧体诗词集，没标出版社，显然是内部书号，书名也奇怪：《自嘲集》。

序，是某位藏族作家写的。这作家概述了丹珠在民族教育事业、新闻业和文学创作上取得的成就，高度评价了他的敬业精神和探索精神。

再看诗集首篇，是首《老年谣》：

日出东方落西山，春去冬来年复年。
岁月如梭匆匆过，人生不觉到暮年。
童年绮梦还未醒，额前发稀两鬓斑。
功名利禄瓦上霜，看开放下心自安。

读完，扭头看丹珠，虽红光满面，但头发已然灰白，仿佛他生命中的寂寥之冬，已悄然到来了。

我说：“老哥，您实话告诉我，您早就远离文学了，现在又重新拾起，是真的想消磨退休后的时光吗？”

他显然没想到我会提出这样的问题，反问我：“你问这干啥？”

我说：“仅仅想知道您真实的想法。”

他沉默了片刻，以一种感伤的语气回答我："小兄弟哪，刚退下来的那段日子，大概一年多吧，我确实有你说的这种想法。不过，当我重新把文学拾起来，就突然发现：忙忙碌碌一辈子，到头来才整明白，年轻时苦苦追求的功名啊利禄啊啥的，都是虚的。唯有这文学，才能使我的内心安静下来，充实起来。在这里头泡得时间长了，有种脱胎换骨的感觉呢！"

我说："寻求内心安宁的，不是还有我们的宗教吗？"

他说："唉，你不知道，那种感受，是不一样的。"

我似乎也能理解他了。

他又说："人退休了，俗务少了，搞文学的心，就活了。以我的阅历和对人生的思考，如果要静下心来写的话，说不定可以整出《白鹿原》那样的东西来。"

我吃了一惊："《白鹿原》？"

"对啊，《白鹿原》，他陈忠实能整，我就不能整吗？"

我说："人家陈忠实从没整过您这样的《自嘲集》！"

他突然把食指竖在嘴唇前，偷看了一眼在厨房里忙碌的老婆，嘘了一声：

"小兄弟啊，《桑多歌谣》是我在文学道路上走出的第一步，《草原赤子》是第二步，《自嘲集》是第三步。下一步，我也想写一部死了可以当枕头的书！"

我一听，惊呆了！

**图书在版编目（CIP）数据**

桑多镇故事集 / 扎西才让著. -- 北京 : 作家出版社，2019. 8

（中国少数民族文学之星丛书 · 2019年卷）

ISBN 978-7-5212-0591-6

Ⅰ. ①桑… Ⅱ. ①扎… Ⅲ. ①中篇小说 - 小说集 - 中国 - 当代 ②短篇小说 - 小说集 - 中国 - 当代 Ⅳ. ①I247.7

中国版本图书馆CIP数据核字（2019）第104161号

**桑多镇故事集**

**作　　者：** 扎西才让
**责任编辑：** 史佳丽　李亚梓
**特约编辑：** 陈　涛　杨玉梅　郑　函
**装帧设计：** 孙惟静
**出版发行：** 作家出版社有限公司
**社　　址：** 北京农展馆南里10号　　**邮　　编：** 100125
**电话传真：** 86-10-65067186（发行中心及邮购部）
86-10-65004079（总编室）
**E-mail:zuojia@zuojia.net.cn**
**http://www.zuojiachubanshe.com**
**印　　刷：** 北京玺诚印务有限公司
**成品尺寸：** 152×230
**字　　数：** 198千
**印　　张：** 16.25
**版　　次：** 2019年8月第1版
**印　　次：** 2019年8月第1次印刷
ISBN 978-7-5212-0591-6
**定　　价：** 38.00元